かわいく(なく)て ごめん

恋《こい》と結婚《けっこん》について(本気《ほんき》で)考《かんが》えてみた

小林深雪《こばやしみゆき》／作　牧村久実《まきむらくみ》／絵

講談社 青い鳥文庫

CONTENTS

登場人物紹介《とうじょうじんぶつしょうかい》…… 4

1 翔太《しょうた》が別《わか》れたと聞《き》いて、ついにマーライオンになってしまいました …… 6

2 男《おとこ》の子《こ》が好《す》きな男《おとこ》の子《こ》とその男《おとこ》の子《こ》を好《す》きな女《おんな》の子《こ》 …… 27

3 パパとお兄《にい》ちゃんにイラつく毎日《まいにち》。女《おんな》の子《こ》はいかに生《い》きるべきか？ …… 46

4 反省《はんせい》。お兄《にい》ちゃんのほうがよっぽどジェンダーフリーでした …… 71

5 女子校内《じょしこうない》でもいろんな「恋《こい》」や「好《す》き」があるみたいです …… 95

6 結婚《けっこん》したら、女性《じょせい》が苗字《みょうじ》を変《か》えるのが当《あ》たり前《まえ》ですか？……121
7 将来《しょうらい》、どんな仕事《しごと》につこうかな？ 漫画家《まんがか》もいいな！……137
8 カレと別《わか》れてから、やたらと翔太《しょうた》が家《いえ》にやってくるようになったんだけど…………150
9 樹《いつき》くんに会《あ》って、どうなってるのか真実《しんじつ》を聞《き》いてみました……162
10 緊急事態《きんきゅうじたい》です！ 生《う》まれて初《はじ》めて「好《す》き」と告白《こくはく》されてしまいました！……170
みんなのお悩《なや》み 深雪先生《みゆきせんせい》に相談《そうだん》しよう！ そうしよう！……176
あとがき……178

登場人物紹介《とうじょうじんぶつしょうかい》

SUZU KOSAKA

小《こ》坂《さか》鈴《すず》

私立《しりつ》白蓮《はくれん》女子《じょし》学院《がくいん》に
通《かよ》う中学《ちゅうがく》2年生《ねんせい》。

SHOTA AIKAWA

相《あい》川《かわ》翔《しょう》太《た》

鈴《すず》のおさななじみ。
蒼月学園《あおつきがくえん》に通《かよ》う
中学《ちゅうがく》2年生《ねんせい》。

TAE IWATA

岩《いわ》田《た》多《た》江《え》

私立白蓮女子学院《しりつはくれんじょしがくいん》に
通《かよ》う鈴《すず》の同級生《どうきゅうせい》。
通称《つうしょう》がんちゃん。
クラス委員長《いいんちょう》で
書道部所属《しょどうぶしょぞく》。

FUMA KOSAKA

小《こ》坂《さか》風《ふう》馬《ま》

鈴《すず》の兄《あに》。
私立松風高校《しりつまつかぜこうこう》の3年生《ねんせい》。

SHOKO MIURA

三《み》浦《うら》翔《しょう》子《こ》

私立白蓮女子学院《しりつはくれんじょしがくいん》に
通《かよ》う高校《こうこう》2年生《ねんせい》。
漫画研究部《まんがけんきゅうぶ》の次期部長《じきぶちょう》。

EKO FUJITA

藤《ふじ》田《た》絵《え》子《こ》

私立白蓮女子学院《しりつはくれんじょしがくいん》に通《かよ》う
鈴《すず》の同級生《どうきゅうせい》。
漫画研究部所属《まんがけんきゅうぶしょぞく》。

JINGUJI SENSEI

神《じん》宮《ぐう》寺《じ》先《せん》生《せい》

私立白蓮女子学院《しりつはくれんじょしがくいん》
中等部《ちゅうとうぶ》の社会科《しゃかいか》の先生《せんせい》。

ITSUKI YAMAMOTO

山《やま》本《もと》樹《いつき》

蒼月学園《あおつきがくえん》に通《かよ》う
中学《ちゅうがく》2年生《ねんせい》。
翔太《しょうた》の同級生《どうきゅうせい》。

1 翔太《しょうた》が別《わか》れたと聞《き》いて、ついにマーライオンになってしまいました

「え！　別《わか》れた⁉」

ブハッ！

わたしは、飲《の》んでいた紅茶《こうちゃ》を、盛大《せいだい》に噴射《ふんしゃ》した。

うわああ。ついに！　ついに！

シンガポールのマーライオンになっちゃったよ！

あ、知《し》らない人《ひと》は検索《けんさく》してね。

「お客様《きゃくさま》、大丈夫《だいじょうぶ》ですか⁉」

カフェのお姉《ねえ》さんが、タオルやら紙《かみ》ナプキンやらを持《も》って、あわてて飛《と》んでくる。

「ゲホンゲホン、す、すびばせん。」
紅茶《こうちゃ》にむせかえるわたし。
カフェ中《じゅう》の人《ひと》がこっちを振《ふ》り返《かえ》っている。
きゃあ、はずかしい！
お姉《ねえ》さんがテキパキとテーブルの上《うえ》を片《かた》づけている。
「鈴《すず》！　だ、大丈夫《だいじょうぶ》？」
翔太《しょうた》が、ものすごくびっくりしている。
大丈夫《だいじょうぶ》じゃない！
びっくりしたのは、こっちだよ！
ねえねえ、翔太《しょうた》。
今《いま》、別《わか》れたって言《い》った？
せっかく、失恋《しつれん》の傷《きず》がいえたところなのに、動揺《どうよう》させないでよ！
公園《こうえん》の横《よこ》にある大人《おとな》っぽいカフェの窓《まど》ぎわの席《せき》。

日曜日《にちようび》、四月《がつ》の空《そら》は淡《あわ》い水色《みずいろ》。

新緑《しんりょく》が春《はる》の陽《ひ》にきらめいて、向《む》かいの席《せき》には、一年前《ねんまえ》よりさらにかっこよくなった翔太《しょうた》がいる。

「話《はなし》があるんだけど。」

翔太《しょうた》が改《あらた》まった口調《くちょう》でスマホに電話《でんわ》をかけてきたから、約《やく》一年《ねん》ぶりに、このカフェに来《き》た。

わたしは、このカフェを、心《こころ》の中《なか》で密《ひそ》かに「失恋《しつれん》カフェ」と呼《よ》んでいる。

そう。去年《きょねん》の五月《がつ》に、ここで、翔太《しょうた》に失恋《しつれん》したから。

中一《ちゅう》の春《はる》。わたしはなぜか私立《しりつ》の超難関名門女子中学《ちょうなんかんめいもんじょしちゅうがく》に奇跡的《きせきてき》に合格《ごうかく》して、ものすごく浮《う》かれていた。

そんなとき、翔太《しょうた》から、いつものマックじゃなくて、このオシャレなカフェに呼《よ》び出《だ》されたのよ。

今日《きょう》みたいに。

きゃ～、ついに告白《こくはく》されちゃうのね！

両思《りょうおも》いのヨ・カ・ン！

って、かなり調子《ちょうし》に乗《の》っていたわたしがバカでした。

翔太《しょうた》ってば！

——中学《ちゅうがく》でさ。好《す》きな人《ひと》ができたんだ。

——向《む》こうから告白《こくはく》されて。それで、つきあうことになったんだ。

とか、言《い》いやがったんだよ。

ふッざけんなッ！

あら、わたくしとしたことが、はしたない。

失礼《しつれい》しました（深謝《しんしゃ》）。

あのときは、紅茶《こうちゃ》の噴射《ふんしゃ》は、ギリギリセーフだったのになあ。

今回《こんかい》は、ついにやっちまったぜ。

ああ、思《おも》い出《だ》すだけでも、つらいわ。

失恋《しつれん》も失恋《しつれん》。

大失恋《だいしつれん》。

まるっきり友達《ともだち》にしか思《おも》われていなかったのに、かんちがいしていたとは。

あの日《ひ》、家《いえ》に帰《かえ》って、そんな自分《じぶん》に絶望《ぜつぼう》して泣《な》いて、泣《な》いて、それで、お寿司《すし》を爆食《ばくしょく》したんだった。

ほんとにね、マリアナ海溝《かいこう》より深《ふか》く落《お》ちこんだんだから。

そのテンマツを詳《くわ》しく知《し》りたい人《ひと》は、

『YA《ワイエー》！　ジェンダーフリーアンソロジー　TRUE《トゥルー》 Colors《カラーズ》』の
「女子校《じょしこう》か、共学《きょうがく》か。それが問題《もんだい》だ！」

を読《よ》んでね。


と、まあ、そんなことがあったから、今日《きょう》は、キアイを入《い》れてみた。

いつもみたいなキャラクターのトレーナーとジーンズじゃないのよ。

少《すこ》し大人《おとな》っぽく、キチンとした白《しろ》いワンピースを着《き》て、そそとした雰囲気《ふんいき》をかもしだしてみましたのよ。
オホホホ〜。
髪《かみ》だってちゃんととかして、寝《ね》ぐせもついてないし。
これ、人間《にんげん》として当《あ》たり前《まえ》だけど、わたしには、当《あ》たり前《まえ》じゃないのよね〜。
って、イバってどうする。
しっかりしろよ。鈴《すず》。
そう、わたしは、もう失恋《しつれん》から立《た》ち直《なお》ったのよ！
一年前《ねんまえ》のわたしとは違《ちが》うの。
中二《ちゅう》になったし、もう大人《おとな》よ。
翔太《しょうた》のどんな話《はなし》でも、親友《しんゆう》として受《う》け止《と》めるわ！
そう思《おも》って来《き》たのに。
なのに、なのに、なんですと〜！
別《わか》れた！
しかも、噴射《ふんしゃ》した紅茶《こうちゃ》で、おめかしワンピースの胸元《むなもと》に茶色《ちゃいろ》のシミが！

ゲゲ～ン！

ママに怒《おこ》られる。

最悪《さいあく》だ。マジで。

「鈴《すず》。驚《おどろ》かせて、ごめん。」

翔太《しょうた》が、カバンからティッシュとハンカチを取《と》り出《だ》して差《さ》し出《だ》す。

翔太《しょうた》って、気《き》がきくんだよ。

そういうところも好《す》きだったよ。

わたしたち、いいコンビだと思《おも》っていたんだけどな。

「ワンピース、シミになっちゃうよな？　すぐ洗《あら》ったほうがいいし、とりあえず帰《かえ》ろうか。」

「あ、うん。来《き》たばかりなのに、かたじけない。」

「『かたじけない』って、時代劇《じだいげき》みたいだな。」

翔太《しょうた》が笑《わら》った。

「時代劇《じだいげき》、好《す》きだもん。」

「あ。鈴《すず》、まだ顔《かお》に紅茶《こうちゃ》の水滴《しずく》がついてる。」

翔太《しょうた》が腕《うで》を伸《の》ばして、わたしのほっぺを紙《かみ》ナプキンでふいた。

ドキッ！

うわ。

ちょっと！

ドキドキさせないでよ！

翔太《しょうた》は、ペットの顔《かお》をふくくらいにしか思《おも》ってないだろうけど、わたしは、不覚《ふかく》にもときめいてしまう。

翔太《しょうた》って、罪作《つみつく》りよね……。

おぬしも悪《わる》よのう。

って、いつまで一人《ひとり》で時代劇《じだいげき》ごっこやってるんだろ。

とほほ。

あ。申《もう》し遅《おく》れました。

わたしの名前《なまえ》は、小坂鈴《こさかすず》。
私立白蓮女子学院《しりつはくれんじょしがくいん》に通《かよ》っていて、この春《はる》、中学《ちゅうがく》二年生《ねんせい》になりました。
元気《げんき》（だけ）が取《と》り柄《え》の十三歳《さい》。
誕生日《たんじょうび》は、八月《がつ》三十日《にち》。
おとめ座《ざ》のO型《オーがた》。
ちなみに、この日《ひ》は、【ヤ（8）ミ（3）金《きん》ゼロ（0）の日《ひ》】。
なんだそれ。
あと、【ハッピー（8）サンシャイン（30）デー】でもあるんだって。
太陽《たいよう》のような明《あか》るい笑顔《えがお》で過《す》ごせばハッピーな気分《きぶん》になれる！
らしいよ。
でも、毎年《まいとし》この日《ひ》は、夏休《なつやす》みの宿題《しゅくだい》を泣《な》きながらやってるから、笑顔《えがお》はないわ〜。
お調子者《ちょうしもの》でそそっかしくて、お笑《わら》い系《けい》。
恋《こい》なんて、このとおり、さっぱり縁《えん》はないけど、それでもなんとか生《い》きています……。
相川翔太《あいかわしょうた》は、となりの家《いえ》に住《す》んでいる同《おな》い年《どし》の男《おとこ》の子《こ》。

同《おな》じ幼稚園《ようちえん》と小学校《しょうがっこう》に通《かよ》っていたおさななじみ。

翔太《しょうた》は今《いま》、共学《きょうがく》の蒼月学園《あおつきがくえん》に通《かよ》っていて、中学《ちゅうがく》は別《べつ》。

翔太《しょうた》は、ずっと弟《おとうと》みたいな存在《そんざい》だったんだよ。


でも、いつからだろう。

だんだん男《おとこ》の子《こ》として意識《いしき》するようになった。

家族《かぞく》や友達《ともだち》への「好《す》き」とは違《ちが》う「好《す》き」という気持《きも》ち。

これが恋《こい》かな?

よくわかんないけど、そうだと思《おも》ってた。

でも、翔太《しょうた》は繊細《せんさい》なくせに、恋《こい》には鈍感《どんかん》だから、いまだに、わたしが、片思《かたおも》いしていたことに気《き》がついてないよね……。


「鈴《すず》、ごめん。」

翔太《しょうた》がお会計《かいけい》してくれて、カフェを出《で》るなり謝《あやま》ってきた。

「こっちこそ、ごめん。翔太《しょうた》、紅茶《こうちゃ》、ほとんど飲《の》んでないよね。あの店《みせ》、高《たか》いのに。」

「そんな。謝《あやま》らなくていいよ。」

「わたし、今日《きょう》から小坂《こさか》マーライオンに改名《かいめい》するわ。」

「え？　あははは。」

翔太《しょうた》が笑《わら》い出《だ》した。

「やっぱり鈴《すず》はおもしろいや。」

「………」

まあ、翔太《しょうた》が笑《わら》ってくれるなら、よかったよ。


わたしたちは、並《なら》んでゆっくりと歩《ある》き出《だ》す。

目《め》の前《まえ》には、公園《こうえん》の緑《みどり》が広《ひろ》がっている。

この公園《こうえん》は広《ひろ》くて、すごく気持《きも》ちいいんだよ。

ジョギングしたり、テニスの壁打《かべう》ちしたり、バスケットしたり。

スポーツする人《ひと》であふれてる。

ドッグランもあるから、犬《いぬ》の散歩《さんぽ》をしている人《ひと》もたくさん。

どこからか、鳥《とり》の鳴《な》き声《ごえ》が聞《き》こえる。

子《こ》どもたちの笑《わら》い声《ごえ》。

風《かぜ》に揺《ゆ》れて、桜《さくら》がピンク色《いろ》の花《はな》びらを散《ち》らす。

夢《ゆめ》みたいだ。

そして、すごくなつかしい。

春《はる》には、毎年《まいとし》、うちの家族《かぞく》と翔太《しょうた》の家族《かぞく》と合同《ごうどう》で、ここでお花見《はなみ》するのが恒例《こうれい》だったよね。

「桜《さくら》、キレイだね。」

わたしがポツリと言《い》うと、翔太《しょうた》が小《ちい》さくうなずいた。

「うん。」

こうして、この公園《こうえん》を二人《ふたり》で歩《ある》いていると、なんだか不思議《ふしぎ》な気《き》がする。

中学受験《ちゅうがくじゅけん》の勉強《べんきょう》が忙《いそが》しくなるまでは、いつも、翔太《しょうた》とこの公園《こうえん》に来《き》てた。

夏休《なつやす》みなんか、朝起《あさお》きてご飯《はん》を食《た》べるとすぐにどちらかの家《いえ》で会《あ》って、一日中《いちにちじゅう》、遊《あそ》んでた。

あのころは、今《いま》より、一日《にち》がとても長《なが》かった。

永遠《えいえん》みたいに長《なが》かった。

セミ取《と》りしたり、公園《こうえん》にある区民《くみん》プールで泳《およ》いだり、ブランコに乗《の》ったり、花火《はなび》をしたり。

くたくたになるまで遊《あそ》んで、ぐっすり寝《ね》て、また起《お》きて、遊《あそ》んで。

少《すこ》しだけ宿題《しゅくだい》もして。

あのころは、ただ無邪気《むじゃき》に遊《あそ》んでいればよかった。

ほんとに楽《たの》しかった。

ずっといっしょにいられるって思《おも》ってた。

でも、時間《じかん》は止《と》まってくれない。

ずっと子《こ》どものままではいられない。

わたしたちは、心《こころ》も体《からだ》もどんどん成長《せいちょう》していく。

二人《ふたり》とも、中学受験《ちゅうがくじゅけん》して、学校《がっこう》が別《べつ》になって、そこから、だんだん、すれ違《ちが》っていった。

翔太《しょうた》は入学《にゅうがく》してすぐに同《おな》じ学校《がっこう》の子《こ》とつきあいだして、放課後《ほうかご》も日曜日《にちようび》も夏休《なつやす》みも、ほとんど会《あ》うことはなくなった。

ひどいよ。翔太《しょうた》。

つきあいだしたからって、ロコツにそっち優先《ゆうせん》なんだもん。

最初《さいしょ》は、いちばん仲《なか》の良《よ》かった翔太《しょうた》から置《お》いてきぼりにされたみたいで、寂《さび》しかったよ。

でも、そのうち、その状態《じょうたい》にも慣《な》れた。

わたしも中学《ちゅうがく》の勉強《べんきょう》についていくので必死《ひっし》だったし、新《あたら》しい学校《がっこう》の友達《ともだち》と遊《あそ》ぶのも楽《たの》しくなっていった。

そうやって、人《ひと》は、なんとなく離《はな》れていくのかな……。

そう思《おも》っていたのに。

なんですと！

別《わか》れた！

もしかして、わたしの恋《こい》、再浮上《さいふじょう》？

ほんの少《すこ》しでも可能性《かのうせい》ってありますか～？

どうなんですか～？

と、ときめいてしまった、わたしを許《ゆる》して！


「翔太《しょうた》。でも、なんで？　なんで別《わか》れちゃったのよ？」

「…………」

昔《むかし》は、わたしよりチビで痩《や》せてた翔太《しょうた》は、中学《ちゅうがく》に入《はい》ってから、ぐんっと背《せ》が伸《の》びた。体《からだ》つきも、ゴツゴツして、たくましくなってきた。

声《こえ》だって、かすれてハスキーに。

かわいいソプラノの声《こえ》だったのになあ。

自分《じぶん》の声《こえ》が変《か》わるのって、どんな気持《きも》ちなんだろう？

まあ、わたしだって、胸《むね》が（少《すこ》し）出《で》てきて生理《せいり》が始《はじ》まったし。

やっぱり、男《おとこ》の子《こ》と女《おんな》の子《こ》の体《からだ》って、違《ちが》うんだよね。

体《からだ》は放《ほう》っておいても、どんどん大人《おとな》になっていく。

でも、心《こころ》がそれに追《お》いつかないんだよね。

わたしの言葉《ことば》に、翔太《しょうた》が黙《だま》りこんでいる。

「わたし、翔太《しょうた》たちは、うまくいってると思《おも》ってたよ。」

「…………」

「翔太《しょうた》の中学《ちゅうがく》の文化祭《ぶんかさい》に行《い》ったとき、二人《ふたり》で案内《あんない》してくれたよね。」

「あのときは、楽《たの》しかったな。鈴《すず》の学校《がっこう》の友達《ともだち》も来《き》てくれて。」

「がんちゃんと絵子《えこ》、いい子《こ》でしょ？」

「うん。五人《にん》でお茶《ちゃ》して楽《たの》しかった。」

「あ、あの二人《ふたり》は信用《しんよう》していいからね。」

「うん。わかってる。だから、つきあってることも素直《すなお》に言《い》えたし。」

そうだよ。

いいカップルだと思《おも》ってた。

相手《あいて》の子《こ》は、優《やさ》しそうで感《かん》じが良《よ》かったし。

翔太《しょうた》のことを、好《す》きで好《す》きでたまらないって感《かん》じだったのに。

ラブラブだと思《おも》っていた。

いったい、なにがあったっていうのよ。

「ケンカでもしたの？」

翔太《しょうた》がうつむいた。

「なにもないよ。それが、この前《まえ》、突然《とつぜん》、フラれたんだ。」

「え？　フラれた？　いきなり？」

「……他《ほか》に好《す》きな人《ひと》ができたって。」

「え！　他《ほか》に好《す》きな人《ひと》!?」

わたしは絶叫《ぜっきょう》してしまう。

心変《こころが》わりしたってこと？

なんですと！

翔太《しょうた》がうつむく。

「その予兆《よちょう》はあったの？」

「なにもない。春休《はるやす》みまで、楽《たの》しく仲良《なかよ》く過《す》ごしてた。」

「ええ～！」

「……ごめん。いつも鈴《すず》にばっかり頼《たよ》って。」

翔太《しょうた》が、ふうっとため息《いき》をついた。

悲《かな》しげな瞳《ひとみ》。

キュンと胸《むね》が絞《しぼ》られる。

弟《おとうと》みたいだった昔《むかし》の翔太《しょうた》が思《おも》い出《だ》されて、せつなくなる。

なんだか、急《きゅう》に翔太《しょうた》がかわいそうになってきた。

あのね。

いらないっていうなら、わたしにちょうだいよ！

って、無理《むり》だよね。

そんなことあるわけないよね。

可能性《かのうせい》ないよね。

だって、翔太《しょうた》が好《す》きなのは、つきあっていたのは……。

男《おとこ》の子《こ》なんだもん……。

2 男《おとこ》の子《こ》が好《す》きな男《おとこ》の子《こ》とその男《おとこ》の子《こ》を好《す》きな女《おんな》の子《こ》

翔太《しょうた》がつきあっていたのは、樹《いつき》くんっていう同級生《どうきゅうせい》の男《おとこ》の子《こ》だ。

山本樹《やまもといつき》くん。

何度《なんど》か会《あ》ったことがあるけど、優《やさ》しそうで真面目《まじめ》な雰囲気《ふんいき》で、とてもフタマタ？や浮《うわ》気《き》？をするとは思《おも》えない。

人《ひと》って見《み》かけによらないのね。


「ねえ、その好《す》きな人《ひと》って誰《だれ》なの？」

「知《し》らない。他《ほか》の学校《がっこう》らしい。」

「え！　いつの間《ま》にそんなことに？」

「わからない。どうやら、つきあうらしいよ。」

「ええ〜！　でも、最初《さいしょ》、翔太《しょうた》には、樹《いつき》くんから告白《こくはく》してきたんだよね？」

「うん。」

「そんなの、いいかげんすぎるよ！」

樹《いつき》くんにメラメラと怒《いか》りが湧《わ》いてくる。

翔太《しょうた》のこと、傷《きず》つけるなんて許《ゆる》せん！

こらあ、ヤマモトイツキ！

「あのさあ。翔太《しょうた》。」

わたしは、翔太《しょうた》のほうを見《み》た。

「こういうことを聞《き》いていいのかわかんなくて、今《いま》までなんとなく聞《き》けないでいたんだけどさあ。」

「なんだよ。改《あらた》まって。」

「あ、でも、話《はな》したくないなら、言《い》わなくていいんだけどね。」

「なんだよ。鈴《すず》になら、なにを聞《き》かれてもいいよ。」

翔太《しょうた》が苦笑《くしょう》した。

「いや、あのね。」

「なに？」

「ほら、翔太《しょうた》も樹《いつき》くんも、おたがいに男《おとこ》の子《こ》が好《す》きってことが、どうしてわかったのかなと思《おも》って。二人《ふたり》とも、見《み》た目《め》じゃ全《まった》くわかんないよね？」

そうなんだ。

テレビには、女装《じょそう》のタレントさんとか出《で》てるじゃない？

それだと、わかりやすいけど、翔太《しょうた》も樹《いつき》くんも、ごくごく一般的《いっぱんてき》な男子《だんし》って感《かん》じだし、見《み》ただけじゃ誰《だれ》もわかんないと思《おも》う。

翔太《しょうた》が小《ちい》さく笑《わら》った。

「ああ、そうか。鈴《すず》には、話《はな》してなかったっけ。」

「うん。」

「樹《いつき》とは、中学《ちゅうがく》に入《はい》って、同《おな》じクラスになって、席《せき》が近《ちか》くてなにかと話《はな》す機会《きかい》が増《ふ》えて。だんだん仲良《なかよ》くなったんだ。」

「うん。」

「それで、一か月《げつ》くらい経《た》ってから、樹《いつき》から、『じつは、恋《こい》の対象《たいしょう》が男《おとこ》の子《こ》なんだ』って告白《こくはく》されたんだよ。」

「え！」

「びっくりしたけど、すごくうれしかったんだよ。正直《しょうじき》に打《う》ち明《あ》けてくれたこと。」

そうだったんだ。

「それで、『自分《じぶん》もそうかもしれない』って、生《う》まれて初《はじ》めて人《ひと》に言《い》えて。ずっと悩《なや》んでいたから、それで、すごく気持《きも》ちが楽《らく》になって。」

「そうかあ。」

「だから、その後《あと》、鈴《すず》にも、そのことを告白《こくはく》できたし。」

「なるほど。」

「だから、樹《いつき》には、ほんとに感謝《かんしゃ》してるよ。」

翔太《しょうた》がうつむいた。

「それからは、ずっといい関係《かんけい》だったと思《おも》う。気《き》も合《あ》ってたし。だから、今《いま》もショックが大《おお》きくて、よくわからなくて混乱《こんらん》してる。」

「翔太《しょうた》は、まだ好《す》きなんだよね？」

「……好《す》きだよ。」

再浮上《さいふじょう》したかに思《おも》えた、わたしの恋《こい》は、あっという間《ま》にドドンと再降下《さいこうか》。

ううう。

「翔太《しょうた》。それならさ、もう一度《いちど》、ちゃんと話《はな》し合《あ》ったほうがいいよ。」

「いや。連絡《れんらく》しても会《あ》ってくれないんだ。学校《がっこう》でも避《さ》けられてるし。」

「そんなあ。ひどいよ。」

「なんでかな。」

失恋《しつれん》のつらさは、わかる。

でも、恋愛《れんあい》について、うまくアドバイスできる自信《じしん》も実力《じつりょく》もない。

わたしは、片思《かたおも》いしか経験《けいけん》がないんだもん。

しかも、片思《かたおも》いの相手《あいて》は翔太《しょうた》だし……。

両思《りょうおも》いになって、つきあって、別《わか》れて。

翔太《しょうた》は、わたしより、ずっと先《さき》を行《い》っている。

もう背中《せなか》が見《み》えない。

だから、こういうとき、なにを言《い》っていいかわかんないよ。


二人《ふたり》の間《あいだ》に、ふいに沈黙《ちんもく》が訪《おとず》れる。

ふと前《まえ》を見《み》ると向《む》こうから高校生《こうこうせい》くらいのカップルが歩《ある》いてきた。

手《て》をつないで、笑《わら》い合《あ》ってる。

まるで、学園《がくえん》ドラマみたい！

さわやかで、仲《なか》が良《よ》さそうで、キュンと胸《むね》がうずく。

いいなあ。

「なんか、ああいうの、うらやましいな。」

翔太《しょうた》がポツリと言《い》った。

「堂々《どうどう》と手《て》をつないでデートしてて。」

え？

「樹《いつき》とは、人前《ひとまえ》でそんなことしたことないから。」

あ。

「樹《いつき》は、いつも堂々《どうどう》としたいって言《い》うんだけど、自分《じぶん》は、やっぱり、人《ひと》の目《め》を気《き》にしちゃって。」

翔太《しょうた》の言葉《ことば》にハッとした。

「樹《いつき》は、親《おや》にも話《はな》したって言《い》ってた。でも、自分《じぶん》は、今《いま》はまだ無理《むり》。そういうところが、嫌《きら》われたのかも。」

翔太《しょうた》の横顔《よこがお》がすごく無防備《むぼうび》で悲《かな》しそうで、わたしの胸《むね》に、ざざっと、さざ波《なみ》が立《た》った。

そうか。

男《おとこ》の子同士《こどうし》だと、いろいろ気《き》を使《つか》うよね。

それはそうだよね。

親《おや》にもなかなか言《い》えないよね。

翔太《しょうた》のご両親《りょうしん》の顔《かお》が浮《う》かぶ。

翔太《しょうた》のパパは、わりと考《かんが》え方《かた》が古《ふる》いっていうか、昭和《しょうわ》っぽい。

翔太《しょうた》の家《いえ》でいっしょに受験勉強《じゅけんべんきょう》をしてたら、

「鈴《すず》ちゃん。女《おんな》の子《こ》はそんなに勉強《べんきょう》しなくていいんだよ。」

と、笑顔《えがお》で言《い》われたことがある。

「でも、翔太《しょうた》は、男《おとこ》なんだから、がんばっていい学校《がっこう》を目指《めざ》さないとな。」

言《い》われたときは、やっぱりちょっと違和感《いわかん》があったよ。

勉強《べんきょう》するのに、男女関係《だんじょかんけい》ないよね？

小学校《しょうがっこう》のクラスでも、男子《だんし》より成績《せいせき》のいい女子《じょし》は、たくさんいたし。

そんなおじさんに、翔太《しょうた》が「男《おとこ》の子《こ》が好《す》きなんだ」って言《い》ったら？

大変《たいへん》なことになるのは目《め》に見《み》えている。

わたしだって、翔太《しょうた》から、樹《いつき》くんが好《す》きだって、打《う》ち明《あ》けられたときは、やっぱり動揺《どうよう》してしまったしね。

まあ、翔太《しょうた》に片思《かたおも》いしていたし。

もちろん、今《いま》まで、漫画《まんが》や小説《しょうせつ》やドラマや映画《えいが》で、男子同士《だんしどうし》や女子同士《じょしどうし》のラブストーリーを読《よ》んだり、見《み》たりしたことはあったよ。

でも、やっぱり、どこかフィクションとして、無責任《むせきにん》に楽《たの》しんでいたと思《おも》う。
女《おんな》の子《こ》は男《おとこ》の子《こ》を好《す》きになる。
男《おとこ》の子《こ》は女《おんな》の子《こ》を好《す》きになる。
それが普通《ふつう》だと思《おも》っていた。
でも、翔太《しょうた》に打《う》ち明《あ》けられてから、「普通《ふつう》」ってなんだろう？
って思《おも》い始《はじ》めたんだ。
翔太《しょうた》は、「自分《じぶん》は普通《ふつう》じゃない」って、ずっと悩《なや》んでいた。
誰《だれ》にも言《い》えずにふさぎこんでいた。
そういう思《おも》いこみが、翔太《しょうた》をずっと苦《くる》しめていたんじゃないかって。
そうか。そうだよね。
悩《なや》むよね。
気軽《きがる》に誰《だれ》にでも話《はな》せることじゃないよね。
わたしに言《い》うのにも、ものすごく勇気《ゆうき》がいったと思《おも》うんだ。
でも、話《はな》してくれた。

それは、わたしを信頼《しんらい》してくれているってことだよね。
わたしに知《し》ってほしいと思《おも》ったからなんだよね。
だから、わたしもその信頼《しんらい》に応《こた》えたい。
あれから、そう思《おも》っているんだよ。
まず、わたしができることは、そういう偏見《へんけん》をなくすこと。
そして、関心《かんしん》を持《も》つこと。
それを知《し》ること。
そして、想像力《そうぞうりょく》を働《はたら》かせること。
男《おとこ》の子《こ》が好《す》きな男《おとこ》の子《こ》もいる。
女《おんな》の子《こ》が好《す》きな女《おんな》の子《こ》もいる。
それから、男《おとこ》の子《こ》と女《おんな》の子《こ》、どっちも好《す》きな人《ひと》がいる。
一般《いっぱん》に言《い》われている「普通《ふつう》」は、「普通《ふつう》」じゃない。
ひとりひとりの「好《す》き」や「恋《こい》」がある。
そして、それは肯定《こうてい》されるべきだと思《おも》う。

わたしだって、自分《じぶん》の「好《す》き」を否定《ひてい》されたらつらいもん。翔太《しょうた》に打《う》ち明《あ》けられてから、こういったことを、すごく身近《みぢか》なこととして考《かんが》えられるようになったんだよ。


「鈴《すず》。あのさ。」

「うん。」

「自分《じぶん》は弱《よわ》いのかなって思《おも》うことがあるよ。親《おや》にも小学校《しょうがっこう》のときのサッカーチームの友達《ともだち》にも、樹《いつき》のことは言《い》えないし。」

翔太《しょうた》が小声《こごえ》で言《い》った。

「樹《いつき》がうちに遊《あそ》びに来《き》たときも、両親《りょうしん》には、クラスの友達《ともだち》って紹介《しょうかい》したし。」

「そんなの、当《あ》ったり前《まえ》じゃん！」

「え？」

「無理《むり》して言《い》うことないよ！」

「鈴《すず》。」

「わたし、翔太《しょうた》には、まず自分《じぶん》を大切《たいせつ》にしてほしいよ。」

わたしの言葉《ことば》に、翔太《しょうた》が目《め》を見開《みひら》いた。

「自分《じぶん》が言《い》えるようになったら、相手《あいて》を選《えら》んで言《い》えばいい。無理《むり》だなっていうときは、無《む》理《り》しなくていいんだよ。」

「鈴《すず》。」

「だって、悲《かな》しいけど、まだまだ偏見《へんけん》も誤解《ごかい》もあると思《おも》うんだ。自分《じぶん》だって、知《し》らないことが多《おお》いし、えらそうなことは言《い》えないけど。」

「………」

「でも、これから、もっと知《し》っていくつもりでいるし。とにかく、翔太《しょうた》には、傷《きず》ついてほしくない。」

わたしの言葉《ことば》に、翔太《しょうた》の顔《かお》が少《すこ》しゆがんで、今《いま》にも泣《な》きそうな表情《ひょうじょう》になった。

「鈴《すず》。ありがとう。」

「それから、うまく言《い》えないけど、これから、誰《だれ》になにを言《い》われようと、誰《だれ》がなんと言《い》おうと、翔太《しょうた》とは友達《ともだち》だからね。それは、変《か》わらないからね。」

「鈴《すず》。」

「だからさ。少《すこ》しは元気《げんき》出《だ》しなよ！」

わたしは、ドンと翔太《しょうた》の背中《せなか》を叩《たた》く。

「一回《かい》、失恋《しつれん》したくらいでなんだよ！　そんなに落《お》ちこむほど好《す》きな人《ひと》ができてうらやましいくらいだよ。」

ほんとにそうだ。

わたしなんかちっぽけで、たいしたことは言《い》えないし、できない。

でも、わたしの取《と》り柄《え》は元気《げんき》だから。

わたしは、翔太《しょうた》に少《すこ》しでも元気《げんき》をあげたい。

わたし、チアガールに向《む》いてるかも？

違《ちが》うか。

「あのさ。翔太《しょうた》。つきあうとか、わたしには経験《けいけん》がないから、よくわかんないけどさ。少《すこ》し時間《じかん》を置《お》いたら？　やり直《なお》せるかもしれないよ？」

「いや。ダメだと思《おも》う。」

「そうかなあ。」

あんなに仲良《なかよ》しだったのに……。

「鈴《すず》は、この世《よ》の終《お》わりってくらい落《お》ちこんだとき、どうしてる？」

「え？　わたし？」

「うん。」

「まあ、そういうときは、爆食《ばくぐ》いして寝《ね》る！」

「え？」

「それしかないと思《おも》わない？」

「いや、食欲《しょくよく》もなくて、眠《ねむ》れなくて。」

「翔太《しょうた》、繊細《せんさい》すぎ！」

わたしは、笑《わら》った。

「わたしは、どんなときも食欲《しょくよく》がなかったことがないんだよね。」

「鈴《すず》は、どんなときもよく食《た》べて、よく寝《ね》るもんな。そういうタフなところがうらやましいよ。」

翔太《しょうた》が笑《わら》った。

「翔太《しょうた》、アイス、食《た》べよう！」

「え？」

「食欲《しょくよく》がないときでも、アイスなら食《た》べられるよ。絶対《ぜったい》。」

「よし。公園《こうえん》の売店《ばいてん》に行《い》こう。」

「わあ。なんにしようかな。あそこの売店《ばいてん》、ソフトクリームもあるし、ジェラートもあるし、カップのサーティワンもあるんだよね。うわ〜。迷《まよ》う！」

「あははは。」

「なんで笑《わら》うの？」

「いや、ごめん。鈴《すず》がいてくれてよかった。樹《いつき》にフラれても、世間《せけん》が自分《じぶん》のことを認《みと》めてくれなくても、でも、たった一人《ひとり》、鈴《すず》がいてくれたら、生《い》きていけるような気《き》がする。」

「生《い》きていけるって、いちいち、おおげさなんだよ！」

わたしは、バシバシ、翔太《しょうた》の背中《せなか》を叩《たた》く。

「痛《いた》ッ！」

「あはははは。痛《いた》いのは、生《い》きてる証拠《しょうこ》〜。」

わたしが、豪快《ごうかい》に笑《わら》うと翔太《しょうた》も笑《わら》った。

「鈴《すず》と話《はな》してたら、なんか、いろんなことがどうでもよくなってきた。」

「でしょ？」

そうなんだよ。

悩《なや》み相談《そうだん》って、ああしろこうしろってアドバイスするより、話《はなし》を聞《き》いてあげて、大丈夫《だいじょうぶ》だよ！ って、言《い》ってあげればそれでいいんだよね。

「鈴《すず》はどんな人《ひと》とつきあうんだろうな。」

翔太《しょうた》が笑《わら》いながら言《い》った。

「鈴《すず》は、今《いま》、好《す》きな人《ひと》は、いないの？」

「え！」

胸《むね》が、大《おお》きくドクンと高鳴《たかな》った。

そ、れ、は……。

おまえだ〜！

って、叫《さけ》びたかったけど、言葉《ことば》を飲《の》みこんだ。

翔太《しょうた》がわたしの顔《かお》を、じいっと見《み》つめる。

見《み》つめ合《あ》って、わたしの瞳《ひとみ》に映《うつ》るのは、翔太《しょうた》だけ。

わあ。やっぱり、好《す》き。

顔《かお》もめちゃくちゃ好《この》みなんだよ。

どストライクなんだよ。

胸《むね》がドキドキして、ときめきが止《と》まらない。

周囲《しゅうい》のざわめきも消《き》えて、たった二人《ふたり》だけの世界《せかい》にいるみたい。

もうアイスのことも忘《わす》れて、翔太《しょうた》のこと以外《いがい》なんにも考《かんが》えられなくなる。

心臓《しんぞう》が破裂《はれつ》しちゃいそう。

翔太《しょうた》のこと、ずっと好《す》きだった。

ねえ、なのに、どうして、翔太《しょうた》は男《おとこ》の子《こ》が好《す》きなの？

なんで、こんなに仲《なか》がいいのに、いっしょにいて楽《たの》しいのに、わたしに恋《こい》してくれないの？

恋《こい》って、恋愛《れんあい》って、なんなんだろう？

わかんないよ。

「ねえ、翔太《しょうた》。わたし……。」

「なに？」

可能性《かのうせい》がないのはわかってる。

でも、絶対《ぜったい》に開《あ》かないと思《おも》ってた扉《とびら》を押《お》してみたら……。

あっさり開《あ》いちゃった〜！

ってこと、ないかな？

いやいやいや。

翔太《しょうた》は男《おとこ》の子《こ》が好《す》きなんだし。

でも、でも、でも。

中学受験《ちゅうがくじゅけん》みたいに、また奇跡《きせき》が起《お》こったりして。

思《おも》いが、気持《きも》ちが、パンパンにふくらんで、ついに口《くち》から言葉《ことば》が転《ころ》がり出《だ》していた。

「わたし、翔太《しょうた》のことが……。」

「ん？」

「ずっと好《す》きだったんだよ！」

「え？」


ぎゃあああ。

ついに言《い》っちゃった〜。

小坂鈴《こさかすず》、生《う》まれて初《はじ》めて愛《あい》の告白《こくはく》しちゃいました！

3 パパとお兄《にい》ちゃんにイラつく毎日《まいにち》。女《おんな》の子《こ》はいかに生《い》きるべきか？

「ただいま……。」

玄関《げんかん》で靴《くつ》をぬいだところで、全身《ぜんしん》の力《ちから》がぬけ、ガックリと床《ゆか》に手《て》をつく。ショックが大《おお》きすぎて、そのまま動《うご》けない。

わたしとしては、勇気《ゆうき》を出《だ》して、告白《こくはく》したつもりだったんだけど、翔太《しょうた》はあっけらかんと笑顔《えがお》で言《い》った。

「ありがとう。鈴《すず》は優《やさ》しいね。」

は？　なんですと？

「はげましてくれてるんだね。」

うわ～。こいつ、全然《ぜんぜん》、わかってねえ！
こっちは、ありったけの勇気《ゆうき》を振《ふ》り絞《しぼ》ったのに。
そうです。
わたしがバカでした。
翔太《しょうた》は、そういうヤツでした。
脱力《だつりょく》。
全身《ぜんしん》から水分《すいぶん》が抜《ぬ》けて、干《ひ》からびたミイラになりそうだわ。
マーライオンの次《つぎ》は、即身仏《そくしんぶつ》か。
ううう。
と、打《う》ちひしがれていたら、頭上《ずじょう》から声《こえ》が降《ふ》ってきた。
「うわ。鈴《すず》。なんで、こんなところで、はいつくばってるんだよ。」
あれ？　このシチュエーション、覚《おぼ》えがある。
このセリフも聞《き》いたことある。
やだわ～。

こういうのデジャブって言《い》うんだっけ？

わたしが顔《かお》を上《あ》げると、目《め》の前《まえ》に、お兄《にい》ちゃんがいた。

「ぎょえ〜。」

びっくりした。

半裸《はんら》で濡《ぬ》れた髪《かみ》をタオルでガシガシとふいている。

「あっち〜。」

シャワーを浴《あ》びたみたいで、腰《こし》にタオルを巻《ま》いただけ。

目《め》のやり場《ば》に困《こま》って目《め》をそらす。

「ちょっと！　そういうだらしないかっこしないでよね！」

「公園《こうえん》でバスケやって、汗《あせ》かいたんだよ。」

「ヘンタイ！」

「はあ？　こんなのいつものことじゃん。」

「イヤなの、気《き》になるの！」

「なんだよ。急《きゅう》に……。」

「ほんと、お兄《にい》ちゃんって、デリカシーないんだから！」

「玄関《げんかん》で、なに騒《さわ》いでるのよ？」

ママが仕事部屋《しごとべや》から顔《かお》を出《だ》した。

「ママからも言《い》ってよ！　お兄《にい》ちゃんが裸《はだか》で家《いえ》の中《なか》をうろついてるのが、心底《しんそこ》イヤなんだ！」

「ああ、そうね。」

ママがうなずいた。

「風馬《ふうま》。鈴《すず》も中二《ちゅう》で、お年《とし》ごろなんですからね。これからは気《き》をつけて。」

「なんだよ。急《きゅう》に。めんどくせえなあ。」

お兄《にい》ちゃんが投《な》げやりに言《い》った。

なによ。その態度《たいど》。

「お兄《にい》ちゃん、これからは、ちゃんと洗面所《せんめんじょ》で服《ふく》を着《き》てきて！」

「ああ、はいはい。」

言《い》い方《かた》が、なんかむかつく！

ああ、もう、自分《じぶん》の告白《こくはく》のことなんか、どうでもよくなってきた。

二回失恋《かいしつれん》した気分《きぶん》だったけど、全部《ぜんぶ》なしってことでいいよね。

翔太《しょうた》は、告白《こくはく》にも気《き》がついてないんだし、なかったことにしよ。

初告白《はつこくはく》、なし！

と、気分《きぶん》を切《き》り替《か》えたら、おなかがすいてきた。

結局《けっきょく》、アイスを食《た》べなかったしな。

「ねえ、ママ。おなかすいた。」

わたしが言《い》うと、ママが両手《りょうて》を顔《かお》の前《まえ》で合《あ》わせた。

「ごめん。ちょっと締《し》め切《き》り前《まえ》でピンチなのよ。パパが作《つく》ってくれるから。」

「そうなんだ。がんばって。」

「鈴《すず》、ありがとう。」

「でも、やった。パパの料理《りょうり》、おいしいもんね。」

「そうなのよ。ママより料理《りょうり》がうまいのよね。」

ママが苦笑《にがわら》いしてる。

うちは、四人家族《にんかぞく》。

パパとママと高校《こうこう》三年《ねん》のお兄《にい》ちゃん。

パパは会社員《かいしゃいん》。

パンメーカー「トーキョー堂《どう》」で営業《えいぎょう》の仕事《しごと》をしている。

ママはフリーランス。

自宅《じたく》で、校正《こうせい》の仕事《しごと》をしている。

校正《こうせい》っていうのは、本《ほん》を作《つく》るときに印刷《いんさつ》されたものを読《よ》んで、誤字脱字《ごじだつじ》や、文章《ぶんしょう》としての誤《あやま》りや、内容《ないよう》が間違《まちが》っていないかなどを指摘《してき》するお仕事《しごと》だよ。

大雑把《おおざっぱ》なわたしには、絶対《ぜったい》にできない。

だから、リスペクトしてるんだ。

ママが担当《たんとう》するのは、小説《しょうせつ》が多《おお》くて、最近《さいきん》は、イヤミスの女王《じょおう》、柊真《ひいらぎま》しろ先生《せんせい》の作品《さくひん》を担当《たんとう》しているんだよ。

パパは職業柄《しょくぎょうがら》、料理《りょうり》が好《す》きで、お休《やす》みの日《ひ》の夕食《ゆうしょく》には、よく腕《うで》をふるってくれるんだ。作《つく》るのは、イタリアンが多《おお》いかな。

ピザとか、パスタとか、お肉《にく》のトマトソース煮込《にこ》みとか。

これがけっこうおいしいんだよね。


「パパ、ただいま。」

リビングダイニングに入《はい》ると、オープンキッチンにいるパパに声《こえ》をかけた。

ガーリックとオリーブオイルの香《かお》りが漂《ただよ》ってくる。

わたしのおなかが、ぐるるると鳴《な》った。

「鈴《すず》、おかえり。お、今日《きょう》の鈴《すず》はワンピースか。お嬢様《じょうさま》っぽいな。」

エプロン姿《すがた》のパパが野菜《やさい》を刻《きざ》みながら言《い》った。

「でしょ？　オホホホホ〜。」

思《おも》わず高笑《たかわら》い。

「デートだったりして？」

「ふふふ。」

「あれ？　胸元《むなもと》にシミが。」

「うわ。そうだった。」

早《はや》く着替《きが》えて、洗《あら》わなくちゃ！

「デートなもんか。となりの翔太《しょうた》と会《あ》ってたんだろ？　知《し》ってんだぞ。」

上下《じょうげ》グレーのスウェットに着替《きが》えたお兄《にい》ちゃんが、リビングに入《はい》ってきた。

「翔太《しょうた》と会《あ》うのに、オシャレしたってしょうがないだろ。翔太《しょうた》は、鈴《すず》のことなんか、まるっきり意識《いしき》してないんだからさ。」

お兄《にい》ちゃんが、小《こ》バカにしたように言《い》った。

「うるさいなあ。」

そのとおりだよ！

お兄《にい》ちゃんは、名門《めいもん》私立《しりつ》松風《まつかぜ》高校《こうこう》の三年生《ねんせい》。

東大《とうだい》目指《めざ》して、勉強《べんきょう》ばっかりしてるんだ。

口《くち》が悪《わる》くて、意地悪《いじわる》で、いつもえらそう。

唯我独尊《ゆいがどくそん》って言葉《ことば》がぴったり。

名前《なまえ》は、風馬《ふうま》。

「お兄《にい》ちゃん、なんで、翔太《しょうた》と会《あ》ってたの知《し》ってるのよ？」

「スマホで、大声《おおごえ》で待《ま》ち合《あ》わせの話《はなし》をしてたじゃん。」

「聞《き》き耳《みみ》、立《た》てないでよ！」

「鈴《すず》の声《こえ》が大《おお》きいんだよ。」

「お、パパは賛成《さんせい》だぞ。鈴《すず》と翔太《しょうた》くんがつきあうの。」

パパがうれしそうに言《い》った。

「翔太《しょうた》くんは、真面目《まじめ》ないい子《こ》だよ。もう、生《う》まれたときから知《し》っていて家族《かぞく》みたいなもんだし。」

「いや、でも……。」

「鈴《すず》もいいなって思《おも》ってるんだろ？　結婚《けっこん》しちゃえば？」

「結婚《けっこん》！」

いや、だから、パパ、そういうことカンタンに言《い》うけどね。

それはありえないんだって。

よくないよ。そういうの！

「翔太《しょうた》くんのパパ、ママとも仲良《なかよ》しだし、となりの家《いえ》だし、いろいろ楽《らく》でいいや。」

「楽《らく》って。パパ、それ、安易《あんい》すぎやしませんか？」

あのね〜。

翔太《しょうた》は、男《おとこ》の子《こ》が好《す》きなんです。

むしろ、わたしより、お兄《にい》ちゃんのほうがつきあえる可能性《かのうせい》があるかも？

なんですよ！

いやいや。

お兄《にい》ちゃんは女《おんな》の子《こ》が好《す》き（なはず）。

彼女《かのじょ》はいないし、いたことはないし。

知《し》らんけど。

それに、お兄《にい》ちゃんみたいに口《くち》が悪《わる》い男《おとこ》じゃ、翔太《しょうた》にはオススメできないや。

って、パパにそんなこと軽々《かるがる》しく言《い》えないよ！

誰《だれ》にも言《い》っていなかった自分《じぶん》の秘密《ひみつ》を誰《だれ》かに打《う》ち明《あ》けること（特《とく》に同性愛者《どうせいあいしゃ》であることを公表《こうひょう》すること）を「カミングアウト」とか「カムアウト」というんだって。

そして、他人《たにん》の秘密《ひみつ》を、本人《ほんにん》の許可《きょか》なく別《べつ》の人《ひと》に言《い》うこと（特《とく》に、その人《ひと》が性的《せいてき》マイノリティーであることを本人《ほんにん》の了解《りょうかい》を得《え》ずに言《い》い広《ひろ》めること）を「アウティング」というんだって。

それは、絶対《ぜったい》にしちゃいけないよね。

誰《だれ》だって、秘密《ひみつ》をバラされたらイヤだもん。

これは、仲良《なかよ》しのがんちゃんが教《おし》えてくれたんだ。

がんちゃんは弁護士《べんごし》志望《しぼう》で、法律《ほうりつ》とかいろんなことに詳《くわ》しいの。

それにしても……。

もし、うちのパパやママが、翔太《しょうた》のことを知《し》ったら、どう思《おも》うんだろ？

パパとママは翔太《しょうた》のパパよりは、価値観《かちかん》をアップデートさせているほうだと思《おも》うけど、でも、さすがに驚《おどろ》くよね。

今《いま》まで、わたしは、なんでも両親《りょうしん》に話《はな》してきたけど、だんだん言《い》えないことも増《ふ》えていくのかな。

「パパ、翔太《しょうた》と結婚《けっこん》は絶対《ぜったい》にないから。」

「そうか～。鈴《すず》は翔太《しょうた》くんのこと好《す》きだと思《おも》ってたけどな。」

パパが笑《わら》う。

うわ。なにげに、パパ、鋭《するど》い。

「そりゃあ好《す》きだけど、そういうんじゃないよ。」

「残念《ざんねん》だなあ。」

「それより、パパ、パスタはなに味《あじ》にするの？」

わたしは、それ以上話《いじょうはな》したくなくて、話題《わだい》を変《か》えた。

「鈴《すず》は、なにがいい？　アラビアータ、ジェノベーゼ、ボンゴレ、たらこスパ……。」

「カルボナーラがいい！　作《つく》り方《かた》、覚《おぼ》えたい。」

わたしは即答《そくとう》した。

「じゃあ、手伝《てつだ》って。」

「うん。着替《きが》えてくる！」

やったね。

大好物《だいこうぶつ》。

でも、結婚《けっこん》かあ。

わたしもいつか結婚《けっこん》するのかな。

でも、じゃあ、翔太《しょうた》は？

男同士《おとこどうし》だと、結婚《けっこん》できないよね？

明日《あした》、学校《がっこう》でがんちゃんに聞《き》いてみよう。


いつものジーンズとトレーナーに着替《きが》えてエプロンをつけて、キッチンへ。

パパが、なれた手《て》つきでベーコンを一センチ幅《はば》に切《き》っている。

「さすがに、パパは、手《て》ぎわがいいね。」

はい。

ここで、小坂家《こさかけ》のカルボナーラの作《つく》り方《かた》を紹介《しょうかい》しま～す。

わたしは、お鍋《なべ》にたっぷりのお湯《ゆ》を沸《わ》かして、塩《しお》を入《い》れスパゲティをゆでる。

「鈴《すず》、パルメザンチーズの粉《こな》と卵《たまご》をよく混《ま》ぜておいて。」

「は～い。」

「フライパンでベーコンをカリカリに炒《いた》めてから、そこに生《なま》クリームを入《い》れて温《あたた》める。」

「ふむふむ。」

「そこにゆで上《あ》がったスパゲティを投入《とうにゅう》してよく混《ま》ぜて、火《ひ》を止《と》める。最後《さいご》に、卵《たまご》とチーズを加《くわ》えて余熱《よねつ》で仕上《しあ》げたら、出来上《できあ》がり。」

「へえ。」

「カンタンだろ？」

「さすが、パパ！」

「コツは、卵《たまご》に火《ひ》を通《とお》しすぎないことだよ。」

パパが得意《とくい》そうに言《い》う。

「卵《たまご》がなめらかになるようにね。」

「ふむ。」

「よし、ママを呼《よ》んできて、夕食《ゆうしょく》にしよう。」

「ねえ、最近《さいきん》、ママ、仕事《しごと》しすぎじゃない？」

「まあ、仕事《しごと》の依頼《いらい》がたくさん来《く》るらしいよ。」

パパが笑《わら》った。

「商売繁盛《しょうばいはんじょう》で、いいことだよ。」

「だね。さあ、食《た》べよう！」


ママとお兄《にい》ちゃんとわたしが席《せき》につくと、パパが熱々《あつあつ》のカルボナーラを運《はこ》んできた。

「いいにお〜い。」

「うん！　うまい。」

お兄《にい》ちゃんがさっそく一口《ひとくち》、食《た》べて叫《さけ》んだ。

「わたしも手伝《てつだ》ったんだからね！」

「あら、鈴《すず》、ありがとう。人《ひと》が作《つく》ってくれるご飯《はん》って、なんておいしいのかしら。」

ママがしみじみと言《い》った。

「お肉《にく》も焼《や》けてるぞ。」

パパが次々《つぎつぎ》と料理《りょうり》を運《はこ》んでくる。

「やった！」

「おい、鈴《すず》。肉《にく》を一人《ひとり》で食《く》うなよ！　それ、四人分《にんぶん》なんだからな。」

「へへ、早《はや》い者勝《ものが》ちだ。」

「すげえ食欲《しょくよく》。」

「育《そだ》ち盛《ざか》りだもんね。」

「鈴《すず》、そんなに急《いそ》がない。よくかんで。はい、お水《みず》。」

ママがグラスに入《はい》ったお水《みず》を渡《わた》してくれる。

「どれもおいしい！」

「あ〜あ。こんな大食《おおぐ》い、翔太《しょうた》に押《お》しつけるなんて、翔太《しょうた》がかわいそうだ。」

お兄《にい》ちゃんが、あきれながら言《い》う。

「それどういう意味《いみ》よ？」

「さっき、鈴《すず》と翔太《しょうた》が結婚《けっこん》とか話《はな》してただろ？」

お兄《にい》ちゃんがサラダを取《と》り分《わ》けながら続《つづ》けた。

「鈴《すず》は食《く》いすぎるから、結婚《けっこん》したら、エンゲル係数《けいすう》がすごいし。」

「そんなことない！」

「それに、カバっぽいし。」

「は？　カバ⁉」

お兄《にい》ちゃんがニヤリと笑《わら》った。

「おまえ、昨日《きのう》、夕食《ゆうしょく》の後《あと》、そこのソファーで寝《ね》てたろ？」

「寝《ね》てたけど。」

「すげえ爆音《ばくおん》でイビキかいてたぞ。これから、リビングでイビキ禁止《きんし》な！」

むかっ。

さっきの仕返《しかえ》しか！

「だいたいねえ。お兄《にい》ちゃん、カバのイビキを聞《き》いたことあるの？」

「ないけど、そんなもんだろ。顔《かお》もカバに似《に》てるし。」

「似《に》てない！」

「鈴《すず》は、ドスドス歩《ある》くし、笑《わら》い方《かた》は豪快《ごうかい》だし、バカ喰《ぐ》いするし。服《ふく》にはすぐにシミをつけるし。カバだし。」

「カバだしって⁉」

「まあ、翔太《しょうた》にそんな鈴《すず》を押《お》しつけるのはかわいそうだって言《い》ってんだよ。」

「なによ。そう言《い》う、お兄《にい》ちゃんは、どうなのよ？」

「どうって？」

「恋《こい》とかしてるの？」

「オレ？　全《まった》くなし！　全然《ぜんぜん》なし！」

「イバって言《い》わないでよね。」

「オレは、受験生《じゅけんせい》。高三《こう》だぞ？　東大一直線《とうだいいっちょくせん》だから、今《いま》はいいんだよ。」

「今《いま》はいいって、ずっとじゃん。モテないだけでしょ？」

「おまえもな！」

むっ。

バシッ！　お兄《にい》ちゃんの背中《せなか》を叩《たた》く。

「いってえ。鈴《すず》、暴力《ぼうりょく》はやめろ！」

バシッ！　今度《こんど》は、お兄《にい》ちゃんがわたしの背中《せなか》を叩《たた》く。

「痛《いた》ッ！　そっちだって。」

バシッ！

「食事中《しょくじちゅう》にやめなさい！」

ママが、雷《かみなり》を落《お》とした。

「だって、お兄《にい》ちゃんがひどいんだもん！」

「オレは事実《じじつ》を言《い》っててんだよ！」

「かわいい妹《いもうと》にそんなこと言《い》う？」

「かわいい？　どこが？」

「ねえ。妹《いもうと》って、無条件《むじょうけん》にかわいいものじゃないの？」

「顔《かお》はブサイクでも、せめて性格《せいかく》がかわいきゃいいけどさあ。性格《せいかく》までブサイクだからさ、救《すく》いようがないわけ。」

「ブサイクって、言《い》うな！」

「おまえのほうこそ、『お兄《にい》さま』とか、上品《じょうひん》に言《い》えないわけ？」

「お兄《にい》さま？　ぶはははは。似合《にあ》わな〜い。」

お兄《にい》ちゃんが、今度《こんど》は、わたしの頭《あたま》をペシッと叩《たた》いた。

「痛《いた》い！　やめてよ。脳細胞《のうさいぼう》が死《し》んでもっとバカになる。」

「自分《じぶん》でバカって認《みと》めてんじゃん。カカカカ。」

「こら。二人《ふたり》とも、もうやめなさい。」

パパが苦笑《くしょう》している。

お兄《にい》ちゃんめ！　許《ゆる》せん！

「ねえ、ママ、これからは、わたしの洗濯物《せんたくもの》、お兄《にい》ちゃんとパパと別《べつ》にしてね。」

「え？」

「パパとお兄《にい》ちゃんのパンツといっしょに洗《あら》われるなんてやだ。不潔《ふけつ》だもん！」

「鈴《すず》。パパはショックだぞ。」

パパの食事《しょくじ》をする手《て》が止《と》まった。

「なら、自分《じぶん》のものは自分《じぶん》で洗濯《せんたく》しなさい。」

ママがビシッと言《い》う。

「家事《かじ》も手伝《てつだ》わないで、わがまま言《い》わないの。」

「今日《きょう》は、料理《りょうり》したもん！」

「じゃあ、洗濯《せんたく》もお願《ねが》いね。」

「え～。」

だって、前《まえ》は気《き》にならなかったのに、最近《さいきん》、いろんなことが気《き》になるんだ。

自分《じぶん》の下着《したぎ》をパパやお兄《にい》ちゃんに見《み》られたくない。

特《とく》にブラ。

体《からだ》の変化《へんか》のこと、パパとお兄《にい》ちゃんには、隠《かく》しておきたい。

ああ、イヤになるな。

小学校高学年《しょうがっこうこうがくねん》くらいから、毎日《まいにち》、少《すこ》しずつ体《からだ》が変《か》わっていくこの感《かん》じ。

生理《せいり》が初《はじ》めて来《き》たときは、ショックだった。

今《いま》でも、生理《せいり》の期間《きかん》はユウウツになる。

おなかが痛《いた》くなるし、下着《したぎ》を汚《よご》さないように気《き》をつけなくちゃいけないし。

小学生《しょうがくせい》のときは、共学《きょうがく》だったから、プールのとき休《やす》むとバレバレで、からかってくる男子《だんし》がいたんだよ。

あと、クラスの女子《じょし》がナプキンを落《お》としたことがあって、それを発見《はっけん》した男子《だんし》が「誰《だれ》のだ？」って、大騒《おおさわ》ぎして、持《も》ち主《ぬし》が泣《な》いちゃったこともある。

ああ、サイテー！

誰《だれ》だって、体《からだ》の変化《へんか》のことは、隠《かく》しておきたいよね。

なのに、無神経《むしんけい》なことされたら、イヤだよね。

今《いま》は女子校《じょしこう》だから、その点《てん》は、すごく楽《らく》になったけど。

そうか。

思《おも》いやりって、誰《だれ》かに恥《はじ》をかかせないようにすることだ。

翔太《しょうた》のこともそうだよね……。


「じゃあ、今日《きょう》の後片《あとかた》づけは、鈴《すず》と風馬《ふうま》に頼《たの》むわね。」

ママが言《い》った。

「え〜！」

わたしが声《こえ》を上《あ》げると、

「わかった。やるよ。」

お兄《にい》ちゃんが言《い》った。

え？　意外《いがい》。

「受験生《じゅけんせい》なのに！」

って、文句《もんく》を言《い》うと思《おも》ったのに。

食事《しょくじ》が終《お》わって、お兄《にい》ちゃんとキッチンで後片《あとかた》づけ。

ママは、すぐに仕事部屋《しごとべや》へ。

パパは、リビングのソファーで、食後《しょくご》のお茶《ちゃ》を飲《の》みながら、テレビを見《み》ている。

お兄《にい》ちゃんが食器《しょっき》を洗《あら》い、わたしがふきんでお皿《さら》をふいてしまっていると、お兄《にい》ちゃんが小声《こごえ》で言《い》った。

「あのさあ、翔太《しょうた》のことだけどな。」

「翔太《しょうた》？」

「オレ、知《し》ってるんだよ。」

え？

「翔太《しょうた》からカミングアウトされた。」

喉《のど》から心臓《しんぞう》が飛《と》び出《だ》すかと思《おも》った。

な、なんですと～！

お兄《にい》ちゃん、知《し》ってたの⁉

4 反省《はんせい》。お兄《にい》ちゃんのほうがよっぽどジェンダーフリーでした

「知《し》ってたの？　いつから？」

夕食《ゆうしょく》の後片《あとかた》づけをした後《あと》、パパたちに聞《き》かれないように、お兄《にい》ちゃんと二人《ふたり》でわたしの部屋《へや》へ移動《いどう》した。

わたしの勉強机《べんきょうづくえ》の椅子《いす》に座《すわ》ったお兄《にい》ちゃんが、ぐるっと、こちらに椅子《いす》を回《まわ》した。

わたしは、ベッドに腰掛《こしか》けて、くまのぬいぐるみを抱《だ》きしめる。

「春休《はるやす》みだよ。」

「ど、どういうきっかけで？」

「オレの部屋《へや》の窓《まど》から、翔太《しょうた》の家《いえ》の庭《にわ》が見《み》えるだろ？　春休《はるやす》みの夕方《ゆうがた》、たまたま外《そと》を覗《のぞ》いたら……。」

「うん。」

「翔太《しょうた》が男《おとこ》の子《こ》と、抱《だ》き合《あ》ってた。」

「きゃ〜！」

翔太《しょうた》、だいたん！

想像《そうぞう》するだけで、顔《かお》が熱《あつ》くなってきた。

「オレ、やべえと思《おも》って、あわてて隠《かく》れたんだけど、翔太《しょうた》がオレに気《き》がついてさ。それで、あいつが、後《あと》で話《はな》しに来《き》たんだ。」

「そうだったんだ。」

「翔太《しょうた》は、親《おや》にも言《い》ってないし、打《う》ち明《あ》けたのは、鈴《すず》と鈴《すず》の友達《ともだち》だけだって言《い》ってたから。」

「うん。」

「鈴《すず》と、いつこの話《はなし》をしようかなって思《おも》ってたんだけどさ、デリケートな問題《もんだい》だし、まあ、タイミングを見計《みはか》らってた。」

「そう……。」

「でも、おまえ、えらいな、一年《ねん》もうちの家族《かぞく》の誰《だれ》にも言《い》わないで。」

「軽々《かるがる》しく言《い》えないよ。」

「おしゃべりな鈴《すず》がなあ。見直《みなお》したわ。」

めずらしく、ほめられてる？

「でも、お兄《にい》ちゃんも、びっくりしたでしょ？」

「いや、それはもう。想像《そうぞう》もしてなかったから。」

「だよね。」

「でも、まあ、オレ、もう大人《おとな》だし、成人《せいじん》だし。」

お兄《にい》ちゃんが、えらそうに椅子《いす》にふんぞり返《かえ》った。

「お兄《にい》ちゃん四月生《がつう》まれだもんね。十八歳《さい》で成人《せいじん》なんだよね。」

「だよ。もう、自分一人《じぶんひとり》でいろんなことができるんだぜ。部屋《へや》も借《か》りられるし、クレジットカードも作《つく》れるし、結婚《けっこん》だってできるんだ。」

「結婚《けっこん》！　ひえ～。マジか。」

「だから、そこは、成人《せいじん》として、冷静《れいせい》に話《はなし》を聞《き》いたわけだ。」

「なるほど。」

「それに、いちばん不安《ふあん》なのは、翔太自身《しょうたじしん》だもんな。かわいそうに。オレに言《い》いに来《き》たときも、すげえビビってたよ。」

お兄《にい》ちゃんが真顔《まがお》で言《い》った。

「それは、そうだよな。『男女《だんじょ》で恋愛《れんあい》して、結婚《けっこん》するのがフツー』と思《おも》ってる人《ひと》のほうが、今《いま》の日本《にほん》じゃ圧倒的《あっとうてき》に多《おお》いだろ。」

「わたしもそう思《おも》ってた。」

「でも、時代《じだい》はどんどん変《か》わっている。」

「うん。」

「偏見《へんけん》がない人《ひと》も増《ふ》えてきていると思《おも》うよ。とくにオレらの若《わか》い世代《せだい》は。」

「でも、意外《いがい》。お兄《にい》ちゃんがそんなことを言《い》うなんて。ガチガチに偏見《へんけん》あると思《おも》ってた！」

「バーカ。まあ、翔太《しょうた》だからってのは大《おお》きいけどな。オレは翔太《しょうた》が生《う》まれたときから知《し》ってるし、弟《おとうと》みたいなもんだし。」

「だよね。」

「『なにかあったら、翔太《しょうた》のことは、オレが守《まも》ってやるから心配《しんぱい》するな』って言《い》ってやった。」

「お兄《にい》ちゃん。すごいや。ありがとう。」

なんだか感動《かんどう》したよ。

「なんで、鈴《すず》に感謝《かんしゃ》されるんだよ。」

「だって、人《ひと》のこと、ブサイクとか、カバとかすぐに言《い》う意地悪《いじわる》なお兄《にい》ちゃんがさあ。そんなに心《こころ》が広《ひろ》いなんて。」

「カバって鈴《すず》に言《い》うのは愛情表現《あいじょうひょうげん》なんだよ。鈴《すず》にだから言《い》ってんだよ。どんなにケンカしたって、鈴《すず》とは、『ごめん』も言《い》わないで、日常《にちじょう》に戻《もど》れるわけだし。」

「カバはやだ！　『ごめん』もほしい！」

わたしは、立《た》ち上《あ》がって、お兄《にい》ちゃんをくまのぬいぐるみでポコンと殴《なぐ》った。

「痛《いた》いって！　そういうところが、ガキだって言《い》ってんだよ。」

「ガキじゃないもん！」

「あ〜あ。見《み》た目《め》も頭《あたま》も小学生《しょうがくせい》レベル。」

「もう、大人《おとな》だもん！」

「じゃあ、鈴《すず》を大人《おとな》と見込《みこ》んで、マジな話《はなし》をするけどさ。」

「うん。」

「恋愛《れんあい》で、異性《いせい》を好《す》きになる人《ひと》と、同性《どうせい》を好《す》きになる人《ひと》がなぜいるのか、はっきりした仕《し》組《く》みは解明《かいめい》されていないらしいんだよ。」

「へえ、そうなんだ。」

「だから、本人《ほんにん》にはどうにもできないことで、オレは差別《さべつ》とかしたくないんだよ。」

「わ！　かっこいい！」

「まあ、うちの学校《がっこう》にもカップルがいるしな。」

お兄《にい》ちゃんがさらっと言《い》った。

「え！」

お兄《にい》ちゃんは、男子校《だんしこう》に通《かよ》っているんだよね。

「ねえ、それって。」

「そう。男同士《おとこどうし》だよ。本人《ほんにん》たちも、仲《なか》のいい友人《ゆうじん》にはカムアウトしてるし。」

「すごい。そういうの、どう思《おも》うの？」

「別《べつ》に。いいんじゃない。」

お兄《にい》ちゃんが、クールに言《い》った。

「そいつらは、二人《ふたり》とも、同《おな》じクラスで仲《なか》がいいんだけど、去年《きょねん》、二人《ふたり》からカムアウトされてさ。」

「そうなんだ！」

「女子校《じょしこう》だって、女子《じょし》のカップルがいるだろ？」

「そういう先輩《せんぱい》がいるって、ウワサでは聞《き》いたことあるけど。」

「鈴《すず》は、LGBTQ《エルジービーティーキュー》って聞《き》いたことある？」

「うん、ある。翔太《しょうた》のことを知《し》ってから、本《ほん》を読《よ》んだり、ネットで調《しら》べたりしてるもん。」

「そう。つまり、世界《せかい》にはいろんな人《ひと》がいて、単純《たんじゅん》に『男《おとこ》』と『女《おんな》』の二つだけには分《わ》けられないってことだ。」

ＬＧＢＴＱ《エルジービーティーキュー》とは？

「Lesbian《レズビアン》、Gay《ゲイ》、Bisexual《バイセクシュアル》、Transgender《トランスジェンダー》、Questioning《クエスチョニング》／Queer《クィア》」の頭文字《かしらもじ》をとった言葉《ことば》。

レズビアン 女性《じょせい》で、恋愛対象《れんあいたいしょう》も女性《じょせい》。

ゲイ 男性《だんせい》で、恋愛対象《れんあいたいしょう》も男性《だんせい》。

バイセクシュアル 男性《だんせい》も女性《じょせい》も恋愛対象《れんあいたいしょう》になる人《ひと》のこと。

トランスジェンダー 身体的《しんたいてき》な性別《せいべつ》と、自分《じぶん》の認識《にんしき》している性別《せいべつ》が異《こと》なる人《ひと》のこと。

クエスチョニング 自分《じぶん》の性的指向《せいてきしこう》や性自認《せいじにん》が定《さだ》まっていない人《ひと》、またはあえて定《さだ》めていない人《ひと》のこと。

クィア 異性愛者《いせいあいしゃ》、およびＬＧＢＴ《エルジービーティー》の四つ以外《いがい》のさまざまな性的指向《せいてきしこう》、性自認《せいじにん》の人《ひと》のこと。

お兄《にい》ちゃんが言《い》った。

「うん。いろんな人《ひと》がいるんだよね。だから、翔太《しょうた》みたいにほんとのことが言《い》えなくて、苦《くる》しんでいる人《ひと》が、身近《みぢか》にも、もっといるかもしれないってことだよね。」

「だよ。いろんな人《ひと》がいて、みんなが差別《さべつ》を受《う》けることなく、自由《じゆう》に能力《のうりょく》を発揮《はっき》できる社《しゃ》会《かい》になるといいよな。」

「へえ。お兄《にい》ちゃんって、すごい！」

「まあ、オレは、そもそも、人《ひと》のことには干渉《かんしょう》しない主義《しゅぎ》だし。」

「あ、テレてる～。」

「からかうなよ。でもさ、今《いま》は、自分《じぶん》の正義感《せいぎかん》や価値観《かちかん》で、やたらと人《ひと》をさばこうとするじゃん。」

「ああ、すぐにネットが炎上《えんじょう》するよね。」

「でも、オレは、自分《じぶん》に関係《かんけい》ないことなら、誰《だれ》がどういう服《ふく》を着《き》ようが、なにを食《た》べようが、誰《だれ》とつきあおうが、どこに行《い》こうが、はっきり言《い》ってどうでもいい。」

「おお、かっこいい！」

「鈴《すず》、じゃあさ。SDGs《エスディージーズ》は、知《し》ってる？」

「学校《がっこう》で習《なら》ったよ。」

「じゃ、なんの略《りゃく》でしょう？」

「え！　ええっと、S《エス》ってことは、さ？」

「佐渡島《さどがしま》の略《りゃく》じゃねえぞ。」

「佐渡島《さどがしま》！　なに、その大喜利《おおぎり》！」

　わたしは吹《ふ》き出《だ》した。

「ええ〜と。英語《えいご》だよね。」

「そうだよ。」

「S《エス》　スペシャル
　D《ディー》　デラックス
　G《ジー》　グレート
　s《ズ》　スペシャル？」

「バカ丸出《まるだ》し！」

「わざとだよ！」

「おまえ、よくそれで、白蓮《はくれん》に入《はい》れたよな。」

「……だから、去年《きょねん》の冬《ふゆ》は、ミラクルが起《お》こったの。」

「『Sustainable《サステナブル》 Development《デベロップメント》 Goals《ゴールズ》』の略《りゃく》だ。」

「なんか英語《えいご》のネイティヴっぽい発音《はつおん》！」

「これは、『持続可能《じぞくかのう》な開発目標《かいはつもくひょう》』という意味《いみ》だ。」

「ちょっと難《むずか》しいね……。」

「百五十を超《こ》える国《くに》のリーダーが国際会議《こくさいかいぎ》をして、もちろん日本《にほん》も参加《さんか》して、それで、『十七の目標《もくひょう》』を決《き》めたんだ。」

「うん。気候変動《きこうへんどう》とか海洋汚染《かいようおせん》とか、国《くに》ごとじゃなく、地球規模《ちきゅうきぼ》で考《かんが》えなきゃいけない問題《もんだい》を話《はな》し合《あ》って、二〇三〇年《ねん》までに目標達成《もくひょうたっせい》を目指《めざ》しましょうってことになったんだよね。」

「そうそう。その中《なか》には、環境問題《かんきょうもんだい》だけじゃなくて、貧困《ひんこん》や差別《さべつ》をなくそうとか、ジェンダー平等《びょうどう》を実現《じつげん》しようっていう目標《もくひょう》もあるんだ。」

「SDGs《エスディージーズ》（持続《じぞく》可能《かのう》な開発《かいはつ》目標《もくひょう》）」には、十七の目標《もくひょう》があるよ。

世界《せかい》のすべての人《ひと》が取《と》り残《のこ》されずに、安全安心《あんぜんあんしん》な人間《にんげん》らしい暮《く》らしができること、地球《ちきゅう》に住《す》み続《つづ》けられるよう環境問題《かんきょうもんだい》なども解決《かいけつ》・改善《かいぜん》することを目指《めざ》しているの。

- ゴール1　貧困《ひんこん》をなくそう
- ゴール2　飢餓《きが》をゼロに
- ゴール3　すべての人《ひと》に健康《けんこう》と福祉《ふくし》を
- ゴール4　質《しつ》の高《たか》い教育《きょういく》をみんなに
- ゴール5　ジェンダー平等《びょうどう》を実現《じつげん》しよう
- ゴール6　安全《あんぜん》な水《みず》とトイレを世界中《せかいじゅう》に
- ゴール7　エネルギーをみんなに　そしてクリーンに
- ゴール8　働《はたら》きがいも経済成長《けいざいせいちょう》も
- ゴール9　産業《さんぎょう》と技術革新《ぎじゅつかくしん》の基盤《きばん》をつくろう

ゴール10 人《ひと》や国《くに》の不平等《ふびょうどう》をなくそう

ゴール11 住《す》み続《つづ》けられるまちづくりを

ゴール12 つくる責任《せきにん》　つかう責任《せきにん》

ゴール13 気候変動《きこうへんどう》に具体的《ぐたいてき》な対策《たいさく》を

ゴール14 海《うみ》の豊《ゆた》かさを守《まも》ろう

ゴール15 陸《りく》の豊《ゆた》かさも守《まも》ろう

ゴール16 平和《へいわ》と公正《こうせい》をすべての人《ひと》に

そして最後《さいご》は、

ゴール17 パートナーシップで目標《もくひょう》を達成《たっせい》しよう

地球上《ちきゅうじょう》のすべての人《ひと》が幸《しあわ》せな未来《みらい》を手《て》に入《い》れるために、世界中《せかいじゅう》でさまざまな問題解決《もんだいかいけつ》に取《と》り組《く》もう。国《くに》や企業《きぎょう》、団体《だんたい》、もちろん、わたしたち、ひとりひとり、あらゆる人《ひと》の参加《さんか》と協力《きょうりょく》（パートナーシップ）によって、世界《せかい》の問題《もんだい》の解決《かいけつ》を目指《めざ》そう！

詳《くわ》しくは、みんなも調《しら》べてみてね。

「ジェンダー平等《びょうどう》？」

「そう。ジェンダーとは、日本語《にほんご》で『社会的性差《しゃかいてきせいさ》』ってこと。つまり、性別《せいべつ》によって世《よ》の中《なか》から求《もと》められる役割《やくわり》のことだ。」

「うん。」

「『男《おとこ》は外《そと》で働《はたら》き、女《おんな》は家《いえ》で家事《かじ》・育児《いくじ》に専念《せんねん》する』みたいな古《ふる》いイメージの押《お》しつけは、よくないってこと。」

「だよね。うちのパパみたいに、男性《だんせい》でも料理《りょうり》が好《す》きだったり、得意《とくい》だったりする人《ひと》もいるよね。ママも働《はたら》いてるし。」

「そうそう。だから、翔太《しょうた》たちのことも含《ふく》めて、性別《せいべつ》に関係《かんけい》なく、誰《だれ》もが自分《じぶん》らしく生《い》きることができる社会《しゃかい》にしようというのが、ジェンダーフリーの考《かんが》え方《かた》なんだよ。」

お兄《にい》ちゃんが真面目《まじめ》に言《い》った。

「社会的性差《ジェンダー》から、自由《フリー》になる。ってことだ。」

「なるほどね！　最近《さいきん》は、ジェンダーレスって言葉《ことば》もよく聞《き》くけど。」

「ジェンダーレスっていうのは、『社会的《しゃかいてき》な男女《だんじょ》の区別《くべつ》をなくす』っていう意味《いみ》だよ。

『ジェンダー』に『レス＝～がない』がついた言葉《ことば》だ。」

「ふむふむ。」

「男女《だんじょ》どちらでも着《き》られる洋服《ようふく》を『ジェンダーレスファッション』って言《い》ったりするだろ？」

「ああ、そうか。それに、女《おんな》の子《こ》はピンクとか、男《おとこ》の子《こ》はブルーとか決《き》めつけないってことだよね。」

「そうそう。みんな好《す》きな服《ふく》を着《き》ればいいんだ。」

「うちの学校《がっこう》の制服《せいふく》も、最近《さいきん》、スカートとスラックスを選《えら》べるようになったんだよ。冬《ふゆ》は寒《さむ》いから、スラックスにしようかな。」

「選択肢《せんたくし》が広《ひろ》がるのはいいことだよな。」

「自転車通学《じてんしゃつうがく》の子《こ》がすごい喜《よろこ》んでた。」

「なるほどね。」

「それにしても、お兄《にい》ちゃんは、すごいね……。」

「だろ？」

「わたしより、よっぽど。」

「もっと尊敬《そんけい》してくれていいんだぞ。」

「そういうところが憎《にく》らしいんだよね。」

わたしは苦笑《くしょう》。

「ねえ、お兄《にい》ちゃんは将来《しょうらい》の夢《ゆめ》ってある？」

「あるよ。IT《アイティー》企業《きぎょう》に就職《しゅうしょく》したい。」

「IT《アイティー》企業《きぎょう》でなにをするの？」

「例《たと》えば、もっと便利《べんり》なアプリを開発《かいはつ》するとか。」

「へえ、そうなんだ！」

「鈴《すず》は？」

「夢《ゆめ》？　まだない。」

「まあ、中二《ちゅう》だからな、これから探《さが》せばいいよ。」

「お兄《にい》ちゃん、それで、東大《とうだい》を目指《めざ》してるの？」

「まあな。」

お兄《にい》ちゃんが頭《あたま》をかいた。

「まあ、鈴《すず》にあんまりこういうことは言《い》いたくなかったけどさ。」

「なによ？」

「正直《しょうじき》に言《い》うわ。」

お兄《にい》ちゃんが続《つづ》けた。

「国公立《こっこうりつ》を目指《めざ》してるのは、私立《しりつ》に比《くら》べて学費《がくひ》が安《やす》いからだよ。」

「え？」

びっくりした。

そんなこと、考《かんが》えたことがなかった。

「鈴《すず》もオレも中学《ちゅうがく》から私立《しりつ》に入《はい》ったろ？　二人分《ふたりぶん》の学費《がくひ》がなかなか大変《たいへん》らしいんだよ。」

「え！　し、知《し》らなかった。」

「国公立大学《こっこうりつだいがく》と私立大学《しりつだいがく》だと、授業料《じゅぎょうりょう》がめちゃくちゃ違《ちが》うから。」

「そんなに違《ちが》うの？」

「初年度《しょねんど》の学費《がくひ》が、東大《とうだい》なら百万《まん》切《き》るけど、私立《しりつ》の医学部《いがくぶ》だとその五倍《ばい》ぐらいになるところもあるんだぞ。」

「ええ！　一年《ねん》で五百万《まん》ぐらいってこと？　高《たか》ッ！」

「今日《きょう》も母《かあ》さんが仕事《しごと》してただろ？　二人分《ふたりぶん》の学費《がくひ》のために仕事《しごと》を増《ふ》やしてるんだよ。だから、父《とう》さんも家事《かじ》を手伝《てつだ》ってるわけだ。」

ええ〜！

ショック。

そうだったんだ。

パパとママも、わたしが難関中学《なんかんちゅうがく》に合格《ごうかく》したのを、あんなに喜《よろこ》んでくれていたから、

「いいことをした」くらいに思《おも》ってた。

でも、家計《かけい》を圧迫《あっぱく》していたとは……。

なんだか、背中《せなか》に冷水《れいすい》をかけられた気分《きぶん》。

「まあ、鈴《すず》は心配《しんぱい》しなくていい。オレも東大《とうだい》が無理《むり》でも、自宅《じたく》から通《かよ》える国公立《こっこうりつ》に合格《ごうかく》できるようにがんばるから。」

お兄《にい》ちゃんが笑《わら》った。

「まあ、鈴《すず》は、親《おや》に感謝《かんしゃ》して、とにかく勉学《べんがく》に励《はげ》め。」

わたし、お兄《にい》ちゃんのことも家族《かぞく》のことも、なにもわかっていなかった。

お兄《にい》ちゃん、こう見《み》えて、家族《かぞく》のことも、わたしのこともちゃんと考《かんが》えていたんだな。

翔太《しょうた》のことも。

ジェンダーのことも。

すごいなあ、パパもママもお兄《にい》ちゃんも。

さすが大人《おとな》だ。

わたしなんか、一人《ひとり》でイライラして、みんなにやつあたりして。

なんだか、自分《じぶん》が子《こ》どもすぎて恥《は》ずかしくなるよ。

「東大一直線《とうだいいっちょくせん》！　ガリ勉《べん》！」

って、お兄《にい》ちゃんをからかってた自分《じぶん》が情《なさ》けなくなる。

「お兄《にい》ちゃん、ごめんね。」

「なんだよ、急《きゅう》に。」

「わたしよりよっぽど、翔太《しょうた》のことも理解《りかい》してるし。ジェンダーフリーに理解《りかい》があるし。

いろんな差別《さべつ》しないし。お兄《にい》ちゃんはすごいよ。」

言《い》いながら、ふうっと目《め》の前《まえ》がにじんだ。

「お兄《にい》ちゃん。さっきは、ごめんね。」

「なんだよ？　なんで泣《な》くんだよ。」

「自分《じぶん》が情《なさ》けなくって。」

「バカ。泣《な》くな。そういうつもりで言《い》ったんじゃねえよ。」

「でも。」

「鈴《すず》。ハナミズが出《で》てるぞ。」

「やだ！」

「泣《な》き顔《がお》がほんとブサイクだし。」

「もう！」

お兄《にい》ちゃんの肩《かた》をバシッと叩《たた》いた。

「いってえ！」

お兄《にい》ちゃんがくまのぬいぐるみでわたしの頭《あたま》を叩《たた》いてきた。

「やめてよね！」
言《い》いながら、普段《ふだん》の調子《ちょうし》に戻《もど》れてどこかホッとしていた。
口《くち》が悪《わる》くて、すぐにイバるけど。
でも、お兄《にい》ちゃんがいつものお兄《にい》ちゃんでよかった。
ケンカのときも遠慮《えんりょ》なく、悪口《わるくち》を言《い》い合《あ》える。
よかった。そんなお兄《にい》ちゃんがいて。
翔太《しょうた》は、一人《ひとり》っ子《こ》だから、わたしを頼《たよ》るのかもしれないね……。
お兄《にい》ちゃんも来年《らいねん》は高校卒業《こうこうそつぎょう》か。
わたしは、将来《しょうらい》の夢《ゆめ》も新《あたら》しい恋《こい》もまだ見《み》つからない。
わたしは、どんな大人《おとな》になるんだろう？
どんな仕事《しごと》につくんだろう？
結婚《けっこん》するのかな？
相手《あいて》は、どんな人《ひと》？
これからの時代《じだい》。

今《いま》までの常識《じょうしき》が、常識《じょうしき》じゃなくなっていく。

時代《じだい》は、どんどん目《め》まぐるしく変《か》わっていく。

これから、そんな時代《じだい》に、わたしたちは、いかに生《い》きるべきか。

女《おんな》の子《こ》の新《あたら》しい生《い》き方《かた》を探《さが》したい。

うん。いっぱい考《かんが》えよう。

いろんなことを知《し》ろう。

もっと広《ひろ》い世界《せかい》を見《み》よう。

いろんな人《ひと》と出会《であ》おう。

「よし！　がんばるぞ。」

「お、その調子《ちょうし》。」

「明日《あした》から、本気《ほんき》出《だ》す！」

「今日《きょう》から、出《だ》せよ！」

お兄《にい》ちゃんに頭《あたま》をペシッと叩《たた》かれた。

でも、なぜだか、痛《いた》くなかったよ――。

5 女子校内《じょしこうない》でもいろんな「恋《こい》」や「好《す》き」があるみたいです

「翔太《しょうた》くんが、別《わか》れた!?」

「樹《いつき》くんと？」

「びっくり。」

「一年《ねん》つきあって？」

「別《べつ》に好《す》きな人《ひと》ができた？」

「文化祭《ぶんかさい》であんなに仲良《なかよ》かったのに！」

週明《しゅうあ》けの二年A組《ねんエーぐみ》の朝《あさ》の教室《きょうしつ》。

教室《きょうしつ》の窓《まど》の向《む》こうには、新緑《しんりょく》が光《ひか》ってる。

わたしが昨日《きのう》翔太《しょうた》から聞《き》いたことを話《はな》すと、がんちゃんと絵子《えこ》が目《め》を丸《まる》くして、交互《こうご》に叫《さけ》んだ。

私立白蓮女子学院《しりつはくれんじょしがくいん》。

都内《とない》でもトップクラスの進学校《しんがくこう》。

創立《そうりつ》百年《ねん》を超《こ》える由緒正《ゆいしょただ》しい女子校《じょしこう》なんだ。

石造《いしづく》りのアンティークな洋風建築《ようふうけんちく》の校舎《こうしゃ》で有名《ゆうめい》。

でも、歴史《れきし》はあるけど、生徒《せいと》の自主性《じしゅせい》を重《おも》んじる学校《がっこう》で、校則《こうそく》も厳《きび》しくない。

全体《ぜんたい》に明《あか》るい雰囲気《ふんいき》で、自分《じぶん》には、すごく合《あ》ってるみたい。

一学年《がくねん》は、五クラスあって、一《ひと》クラス四十人《にん》。

中二《ちゅう》になった今《いま》も楽《たの》しい女子校《じょしこう》ライフを満喫中《まんきつちゅう》。

絵子《えこ》やがんちゃんとも同《おな》じクラスで楽《たの》しく過《す》ごしているよ。

がんちゃん。

本名《ほんみょう》は、岩田多江《いわたたえ》。

クラスの委員長《いいんちょう》。

成績《せいせき》は、学年《がくねん》でもトップレベルで、大人《おとな》っぽくてしっかり者《もの》。
すごく頼《たよ》れる存在《そんざい》で、先生《せんせい》にも信頼《しんらい》されているんだよ。
書道部《しょどうぶ》に入《はい》っていて、字《じ》もうまい。
将来《しょうらい》の夢《ゆめ》は弁護士《べんごし》。
物知《ものし》りで、わたしにいろんなことを教《おし》えてくれるんだ。
がんちゃんはすごい。
元々《もともと》背《せ》も高《たか》いし、顔《かお》つきも二、三歳《さい》は上《うえ》に見《み》える。
同《おな》じ十三歳《さい》でも、人《ひと》によって「大人度《おとなど》」は差《さ》があるなと思《おも》う。
絵子《えこ》。
藤田絵子《ふじたえこ》は、ポニーテールが似合《にあ》って、リスみたいにかわいい。
超《ちょう》アニメオタクで、漫画研究部《まんがけんきゅうぶ》に入《はい》ってる。
人見知《ひとみし》りで大人《おとな》しいけど、いったん仲良《なかよ》くなると急《きゅう》におしゃべりになる。
がんちゃんと絵子《えこ》とは、一年《ねん》のときから同《おな》じクラス。
二人《ふたり》は、翔太《しょうた》と樹《いつき》くんカップルに会《あ》ってるから、話《はな》しても大丈夫《だいじょうぶ》。

「しかも、翔太《しょうた》くんがフラれたの？」

「向《む》こうから告白《こくはく》してきたんでしょ？」

「うん。」

がんちゃんと絵子《えこ》が交互《こうご》に言《い》う。

「それはひどいね。」

「立《た》ち直《なお》れないわ。」

「翔太《しょうた》がすごく落《お》ちこんでるんだ。」

「そうでしょうね。」

がんちゃんがうなずく。

「一瞬《いっしゅん》、別《わか》れたなら、わたしにもチャンスがあるかもと思《おも》っちゃったけどさあ。」

「鈴《すず》。そんなのダメ！　ありえない！」

絵子《えこ》がキッとわたしをにらんで、きつい口調《くちょう》で続《つづ》けた。

「鈴《すず》は、翔太《しょうた》くんのことはもうあきらめて！　他《ほか》に目《め》を向《む》けるべき！」

EKO
GAN-
CHAN
SUZU

「……だよね。」

なんだか、怒《おこ》られているみたいで、シュンとしちゃう。

「ごめん。鈴《すず》には、幸《しあわ》せになってほしいから。」

「絵子《えこ》は気《き》になる人《ひと》いる？」

「いないよ。男子《だんし》なんか嫌《きら》いだし。」

絵子《えこ》が続《つづ》けた。

「男子《だんし》なんか、下品《げひん》だし、意地悪《いじわる》だし。乱暴《らんぼう》だし。」

絵子《えこ》は、小学校時代《しょうがっこうじだい》にアニメオタクであることを、男子《だんし》に、からかわれて、ほんとにイヤだったらしい。

「それで、女子校《じょしこう》にしたんだもんね。」

「そうだよ。ほんと正解《せいかい》だった。」

「まあ、うちの学校《がっこう》は平和《へいわ》だよね。」

「あ、でも、あこがれてる人《ひと》ならいるよ。」

「え？　誰《だれ》？」

「高等部《こうとうぶ》二年《ねん》の三浦翔子《みうらしょうこ》先輩《せんぱい》。」

「漫研《まんけん》の？」

「そう。」

うちの学校《がっこう》は、中高一貫校《ちゅうこういっかんこう》で、高校《こうこう》では生徒《せいと》を募集《ぼしゅう》しないんだ。

毎年《まいとし》、入学《にゅうがく》してくるのは、中学《ちゅうがく》一年生《ねんせい》だけ。

部活《ぶかつ》も中高一緒《ちゅうこういっしょ》に活動《かつどう》するんだ。

「翔子先輩《しょうこせんぱい》、すっごく素敵《すてき》でしょ。」

「モデルさんみたいだよね。」

「漫研《まんけん》の次期部長《じきぶちょう》に決《き》まってるんだよ。」

高等部《こうとうぶ》の三年生《ねんせい》は、大学受験《だいがくじゅけん》のために、五月《がつ》で部活《ぶかつ》を引退《いんたい》するんだ。

中等部《ちゅうとうぶ》に比《くら》べて、高等部《こうとうぶ》の先輩《せんぱい》たちはすごく大人《おとな》っぽい。

中《なか》でも、三浦翔子先輩《みうらしょうこせんぱい》は、パッと目立《めだ》つ存在《そんざい》だ。

さらさら黒髪《くろかみ》のロングヘア。

白《しろ》い肌《はだ》に細《ほそ》いあご。

名前《なまえ》だけじゃなくて、顔立《かおだ》ちもどこか翔太《しょうた》に似《に》ていて、わたしも気《き》になってはいたんだよね。

背《せ》が高《たか》くて、スカートからすんなり伸《の》びた長《なが》い脚《あし》がうらやましい。

しかも、成績優秀《せいせきゆうしゅう》でスポーツ万能《ばんのう》なんだって。

下級生《かきゅうせい》からも人気《にんき》なんだよ。

「あんなに美人《びじん》で優秀《ゆうしゅう》なのに、本人《ほんにん》はおごったところもなくて、誰《だれ》にでも優《やさ》しくて、面倒《めんどう》見《み》が良《よ》くて。」

絵子《えこ》がうっとりと視線《しせん》を宙《ちゅう》にさまよわせてる。

「わたし、翔子先輩《しょうこせんぱい》なら、つきあってもいい。」

「え！」

わたしはびっくり。

「え、絵子《えこ》、それ本気《ほんき》？」

「本気《ほんき》。だって、大好《だいす》きなんだもん。」

絵子《えこ》が瞳《ひとみ》をキラキラさせてる。

「え、そ、それって。絵子《えこ》は、その。」

「ふふ。驚《おどろ》いた？」

「え？　冗談《じょうだん》？」

あ〜。びっくりした。

「さあね。」

絵子《えこ》がいたずらっぽく笑《わら》った。

からかってる？

それとも、ほんとに女《おんな》の子《こ》が好《す》きだったりして？

「まあ、絵子《えこ》は、男嫌《おとこぎら》いだからね。」

がんちゃんが笑《わら》った。

「あ。でも、ハヤオなら結婚《けっこん》してもいいけど。」

絵子《えこ》が言《い》った。

「え！　ハヤオって誰《だれ》？」

「宮崎駿監督《みやざきはやおかんとく》。」

「ちょっと！」

わたし、笑《わら》っちゃう。

絵子《えこ》は、ジブリが大好《だいす》きなんだ。

「三浦先輩《みうらせんぱい》は、全校的《ぜんこうてき》に人気《にんき》があるよね。あこがれてる下級生《かきゅうせい》も大勢《おおぜい》いるよ。」

がんちゃんが言《い》った。

「ライバルがいっぱいで大変《たいへん》なんだ。先輩目当《せんぱいめあ》てで、漫画研究部《まんがけんきゅうぶ》に入《はい》ってくる新入生《しんにゅうせい》もいるんだよ。」

絵子《えこ》が続《つづ》けた。

「あと、うちの学校《がっこう》で人気《にんき》があるのは、神宮寺先生《じんぐうじせんせい》だよね。」

神宮寺先生《じんぐうじせんせい》は、社会《しゃかい》の先生《せんせい》で、二十代後半《だいこうはん》の男《おとこ》の先生《せんせい》。

うちの女子校《じょしこう》は、女《おんな》の先生《せんせい》のほうが多《おお》いし、宿泊行事《しゅくはくぎょうじ》もあるから、クラス担任《たんにん》は女性《じょせい》って決《き》まっているんだけど、男性《だんせい》の先生《せんせい》もいる。

男《おとこ》の先生《せんせい》は少《すく》ないから、どんな先生《せんせい》でもファンがいる。

これ、女子校《じょしこう》あるある。

でも、そんな中《なか》でも、神宮寺先生《じんぐうじせんせい》は別格《べっかく》。

神宮寺先生《じんぐうじせんせい》とすれ違《ちが》ったとか、あいさつしたとか、それだけで、みんながキャアキャア大騒《おおさわ》ぎする。

知的《ちてき》でスーツとメガネが似合《にあ》って、清潔感《せいけつかん》があって、声《こえ》もいい。

男子《だんし》に辛口《からくち》のがんちゃんと絵子《えこ》でさえ、神宮寺先生《じんぐうじせんせい》のことは認《みと》めているんだよね。

「がんちゃん、神宮寺先生《じんぐうじせんせい》とよく話《はな》してるよね。」

わたしの言葉《ことば》に、がんちゃんがぴくっと反応《はんのう》した。

「弁護士《べんごし》になるには、どうすればいいか、先生《せんせい》にいろいろ相談《そうだん》しているだけだから。」

「でも、先生《せんせい》もがんちゃんには一目置《いちもくお》いていて、夢《ゆめ》を応援《おうえん》してくれているよね。」

「うん。わたしも先生《せんせい》のことは、すごく尊敬《そんけい》している。」

あれ？

いつもクールながんちゃんのほおが赤《あか》くなってる。

恋愛《れんあい》に興味《きょうみ》がないって言《い》ってたがんちゃんだけど、神宮寺先生《じんぐうじせんせい》に、あこがれているのかな？

そうか。

女子校《じょしこう》にも、いろんな「好《す》き」があるんだよね。

同性《どうせい》の先輩《せんぱい》や、大人《おとな》の先生《せんせい》にあこがれたりもする。

その、あこがれが本気《ほんき》になる人《ひと》だっているよね……。

「でも、いいなあ。二人《ふたり》とも、学校《がっこう》のアイドルと仲良《なかよ》しで。」

わたしが言《い》うと、

「へへ。いいでしょ？　わたし、漫画《まんが》の描《か》き方《かた》を翔子先輩《しょうこせんぱい》に一から教《おし》えてもらったんだ。」

絵子《えこ》が自慢《じまん》げに言《い》った。

「ねえねえ。鈴《すず》、今《いま》、帰宅部《きたくぶ》でしょ？」

「うん。まぐれで入《はい》れた学校《がっこう》だからね。勉強《べんきょう》についていけるか心配《しんぱい》で、部活《ぶかつ》はパスしたんだよね。」

「でも、ついていけてるじゃない？　成績《せいせき》だって、結構《けっこう》いいし。」

「がんちゃんと絵子《えこ》が試験勉強《しけんべんきょう》につきあってくれるおかげだよ。ありがたや〜。」

「じゃあ、漫画研究部《まんがけんきゅうぶ》に入《はい》らない？」

「え！」

「鈴《すず》、漫画好《まんがす》きでしょ？」

「好《す》き！」

「活動《かつどう》は週一《しゅう》だし、学校《がっこう》で堂々《どうどう》と漫画《まんが》が読《よ》めるよ。」

「それはいいね！」

「それに、イラストとか、さらっと描《か》けたら、楽《たの》しいでしょ？」

「そうだよね。」

「鈴《すず》は、センスあると思《おも》う。」

「そうかな？　わたしにできるかな？」

「できるよ！　向《む》いてると思《おも》う。それと翔子先輩《しょうこせんぱい》は、プロの漫画家《まんがか》を目指《めざ》してるんだよね。」

「そうなんだ？　すごい！」

「翔子先輩《しょうこせんぱい》、ほんとに上手《じょうず》なんだよ。」

「漫画家《まんがか》って、夢《ゆめ》があるよね。日本《にほん》の漫画《まんが》やアニメは世界中《せかいじゅう》で人気《にんき》があるし、ワールドワイドに活躍《かつやく》できるかも。」

がんちゃんが言《い》った。

「鈴《すず》。アニメは、なにが好《す》き？」

絵子《えこ》が聞《き》いてくる。

「トトロ！　トトロは神《かみ》！」

「ああ、鈴《すず》はトトロっぽいもんね。」

「それ、どういう意味《いみ》⁉」

「体型《たいけい》が。」

「ひどい！」

「妖精《ようせい》みたいってことよ。トトロって森《もり》の妖精《ようせい》でしょ？」

「妖精《ようせい》ならティンカーベルと言《い》ってよ。」

「ずいぶん違《ちが》うね。」

三人《にん》で笑《わら》う。

「ねえ、絵子《えこ》は将来《しょうらい》はアニメーターになりたいの？」

わたしが聞《き》く。

「ううん。でも、夢《ゆめ》はあるよ。」

「え、なに？」

絵子《えこ》がテレくさそうに笑《わら》った。

「笑《わら》わない？」

「……声優《せいゆう》。」

絵子《えこ》が小声《こごえ》で言《い》った。

「わあ！」

「いいじゃない！」

わたしとがんちゃんは声《こえ》を上《あ》げる。

「絵子《えこ》は、ソプラノで特徴《とくちょう》のある声《こえ》をしてるから向《む》いてるよ。」

「ほんとにそう思《おも》う？」

「うん。」

「大好《だいす》きなアニメの一部《いちぶ》になってみたいんだ。」

「絵子《えこ》なら、顔《かお》もかわいいから、声優《せいゆう》アイドルになれるよ！」

わたしの言葉《ことば》に絵子《えこ》が首《くび》を横《よこ》に振《ふ》る。

「アイドルはいい。目立《めだ》ちたくない。」

「そう？　それにしても、二人《ふたり》とも、夢《ゆめ》があっていいなあ。」

「うん。わたしは、弁護士《べんごし》になって、自分《じぶん》の力《ちから》を困《こま》ってる人《ひと》のために使《つか》いたいんだ。」

「がんちゃん、かっこいい！」

「わたしも小学生時代《しょうがくせいじだい》は、一部《いちぶ》の男子《だんし》から、ひどいいじめを受《う》けていたからね。『デブ』とか『整形《せいけい》しろ』とか、容姿《ようし》のことばっかり言《い》ってくる。」

「ひどい。」

「でも、わたし、ほとんどの男子《だんし》より、でかいし筋力《きんりょく》も体力《たいりょく》もあるから負《ま》けなかったけど。」

「さすが。」

「でも、みんながみんな、わたしみたいに強《つよ》くないでしょ？　自殺《じさつ》しちゃう子《こ》だっている。だから、わたしは、弁護士《べんごし》になって、いじめにあってる子《こ》の味方《みかた》になりたいんだ。」

「すばらしい！　弁護士《べんごし》って、人《ひと》の悩《なや》みを聞《き》いて、その問題《もんだい》を法律《ほうりつ》に基《もと》づいて解決《かいけつ》する仕《し》事《ごと》だもんね。」

「そう。」

「じゃあ、がんちゃん。将来《しょうらい》、もし、翔太《しょうた》が差別《さべつ》されたり、困《こま》ったりすることがあったら、助《たす》けてあげてね。」

「まかせてよ。がんばる。」

がんちゃんが胸《むね》を叩《たた》く。

翔太《しょうた》と同《おな》じようなことで悩《なや》んでいる子《こ》がいると思《おも》う。

たぶん、この学校《がっこう》にだって。

わたし、これまでは、クラスの子《こ》に、

「彼氏《かれし》いる？」

なんて、普通《ふつう》に聞《き》いてた。

けど、今《いま》は、気《き》をつけてる。

だって、彼氏《かれし》じゃなくて、彼女《かのじょ》かもしれないし。

そういうことを考《かんが》えられるようになったのは、翔太《しょうた》のおかげだと思《おも》う。

「でも、弁護士《べんごし》になるのは難《むずか》しいよね？」

「うん。司法試験《しほうしけん》に合格《ごうかく》しないとね。」

「でも、がんちゃんなら、大丈夫《だいじょうぶ》だよ。」

「鈴《すず》。ありがとう。神宮寺先生《じんぐうじせんせい》も応援《おうえん》してくれてるし。」

「ねえ、今日《きょう》は、全校朝礼《ぜんこうちょうれい》だから、そろそろ講堂《こうどう》に行《い》かないと。」

絵子《えこ》が時計《とけい》を見上《みあ》げて言《い》う。

「わ。やばい。」

三人《にん》であわてて廊下《ろうか》に出《で》て、バタバタと駆《か》け出《だ》す。

「日本国憲法第十四条《にほんこくけんぽうだいじょう》にね。『すべて国民《こくみん》は、法《ほう》の下《もと》に平等《びょうどう》であつて、人種《じんしゅ》、信条《しんじょう》、性《せい》別《べつ》、社会的身分又《しゃかいてきみぶんまた》は門地《もんち》により、政治的《せいじてき》、経済的又《けいざいてきまた》は社会的関係《しゃかいてきかんけい》において、差別《さべつ》されない』って書《か》いてあるんだよ。だから、翔太《しょうた》くんは、大丈夫《だいじょうぶ》。」

がんちゃんがそう言《い》ったところで、

「うわ！」

廊下《ろうか》で滑《すべ》って転《ころ》びそうになった。

「わあああ。」

「危《あぶ》ない！」

後《うし》ろから走《はし》ってきて、がしっとがんちゃんを支《ささ》えてくれたのは、神宮寺先生《じんぐうじせんせい》だった。

「じ、神宮寺先生《じんぐうじせんせい》！」

がんちゃんが、背中《せなか》を支《ささ》えられて、真《ま》っ赤《か》になってる。

「岩田《いわた》。大丈夫《だいじょうぶ》か？」

「は、はい。す、すみませんでした！　ありがとうございます！」

「気《き》をつけて。」

神宮寺先生《じんぐうじせんせい》が笑《わら》った。

「ずいぶんにぎやかだなと思《おも》って、後《うし》ろで聞《き》いていたんだよ。」

「え！」

「憲法第《けんぽうだい》十四条《じょう》を語《かた》る岩田《いわた》は、かっこいいな。」

「やだ。恥《は》ずかしい。」

がんちゃんが急《きゅう》にしおらしくなった。

「岩田《いわた》には、本気《ほんき》で弁護士《べんごし》を目指《めざ》してほしいよ。」

歩《ある》きながら、先生《せんせい》が言《い》った。

「男性弁護士《だんせいべんごし》に比《くら》べて、女性弁護士《じょせいべんごし》はまだまだ少《すく》ない。今《いま》でも全体《ぜんたい》の二割弱《わりじゃく》ほどしかいないんだから。」

「へえ。そんなに少《すく》ないんですか。」

絵子《えこ》が驚《おどろ》く。

「うん。」

「でも、女性《じょせい》は、女性弁護士《じょせいべんごし》のほうが話《はな》しやすいと思《おも》います。男性弁護士《だんせいべんごし》には話《はな》しにくい、デリケートな問題《もんだい》も多《おお》いと思《おも》うし。痴漢《ちかん》とか。」

「確《たし》かに。」

わたしもうなずく。

「でも、先生《せんせい》、どうして女性弁護士《じょせいべんごし》は、そんなに少《すく》ないんですか？」

わたしが聞《き》くと、先生《せんせい》が言《い》った。

「日本《にほん》では、まだまだ弁護士《べんごし》は男子《だんし》がなるものという固定観念《こていかんねん》が強《つよ》いんじゃないかな。だから、目指《めざ》す女子《じょし》がそもそも少《すく》ないし。」

「そうなんですか……。」

「裁判官《さいばんかん》、検察官《けんさつかん》なども女性《じょせい》は少《すく》ないし、歴代総理大臣《れきだいそうりだいじん》にも、女性《じょせい》はいないよね。」

「確《たし》かに。」

「でも、世界《せかい》では、国家《こっか》のリーダーになっている女性《じょせい》も多《おお》いんだよ。イギリスのサッチャー元首相《もとしゅしょう》やドイツのメルケル元首相《もとしゅしょう》が有名《ゆうめい》だけど、他《ほか》にも、ニュージーランド、フィンランド、アイルランド、フィリピンなど、女性首相《じょせいしゅしょう》、大統領《だいとうりょう》は増《ふ》えているんだ。」

「すごーい！」

「女性《じょせい》だからできない職業《しょくぎょう》なんてないと思《おも》うし、ぼくは、もっと女性《じょせい》に活躍《かつやく》してほしいと思《おも》っているんだ。人口《じんこう》の半分《はんぶん》は女性《じょせい》なんだから、政治《せいじ》・経済《けいざい》・社会《しゃかい》の中《なか》でなにかを決《き》める場《ば》に、女性《じょせい》の立場《たちば》から発言《はつげん》できる人《ひと》がいたほうがいいと思《おも》う。」

「先生《せんせい》、それってジェンダーフリーですね。」

「お、小坂《こさか》、よく知《し》ってるな。」

「えへへ。」

「だから、岩田《いわた》には期待《きたい》してるよ。」

「はい！　努力《どりょく》します。」

がんちゃんがキッパリと言《い》った。

「じゃあ、ここでね。」

先生《せんせい》が、講堂《こうどう》に入《はい》って、他《ほか》の先生《せんせい》たちのほうへ向《む》かう。

「やっぱり、神宮寺《じんぐうじ》先生《せんせい》は男女平等《だんじょびょうどう》ですばらしい。」

がんちゃんがうっとりと言《い》った。

「がんちゃんのこと、応援《おうえん》してくれてるしね。」

「うん。」

「ねえ、がんちゃん、先生《せんせい》のこと好《す》きでしょ？」

絵子《えこ》がからかうように言《い》った。

「え！」

がんちゃんが真《ま》っ赤《か》になってる。

だよね〜。

そのときだった。

「ねえねえ、鈴《すず》、がんちゃん、絵子《えこ》。聞《き》いた？」

同《おな》じクラスの翠《みどり》ちゃんが、走《はし》ってきて言《い》った。

「ビッグニュース！」

「なに？」

「神宮寺《じんぐうじ》先生《せんせい》が結婚《けっこん》したんだって！」

「え！」

「結婚《けっこん》した？」

「するんじゃなくて、もうしたの？」

「うん。」

「びっくり！」

「ウソ……。」

あのいつも冷静沈着《れいせいちんちゃく》ながんちゃんが、顔面蒼白《がんめんそうはく》になってる。

「恋愛小説《れんあいしょうせつ》もドラマも興味《きょうみ》ない。」

いつもクールにそう言《い》っていたがんちゃん。

がんちゃんの肩《かた》が震《ふる》えている。

「がんちゃん？」

「ごめん。ちょっと気分《きぶん》が悪《わる》くなった。わたし、保健室《ほけんしつ》に行《い》ってくる。」

「つきそおうか？」

「いいの。ごめん。一人《ひとり》にして。」

そう言《い》うと、がんちゃんが、ダッシュで駆《か》け出《だ》した。

「保健室《ほけんしつ》って、元気《げんき》じゃない。」

翠《みどり》ちゃんは、笑《わら》うけど。

あ、今《いま》。

がんちゃん、泣《な》いてた。

がんちゃん、神宮寺《じんぐうじ》先生《せんせい》のこと、本気《ほんき》で好《す》きだったんだ……。

6 結婚《けっこん》したら、女性《じょせい》が苗字《みょうじ》を変《か》えるのが当《あ》たり前《まえ》ですか?

「がんちゃん、少《すこ》しは落《お》ち着《つ》いた?」

保健室《ほけんしつ》から全《まった》く戻《もど》ってこないがんちゃんの様子《ようす》を見《み》に、昼休《ひるやす》み、絵子《えこ》と二人《ふたり》で保健室《ほけんしつ》へ行《い》った。

がんちゃんは、布団《ふとん》をかぶって横《よこ》になっていた。

わたしたちはベッドの横《よこ》まで行《い》って、掛《か》け布団《ぶとん》をぽんと軽《かる》く叩《たた》いた。

がんちゃんが、顔《かお》を出《だ》した。

「ああ、恥《は》ずかしい。」

「そんなことないよ。」

「自分《じぶん》でもびっくりするくらいショックで……。」

がんちゃんがポツリ、ポツリと話《はな》し出《だ》した。

「神宮寺《じんぐうじ》先生《せんせい》が結婚《けっこん》したっておかしくないんだよね……。大人《おとな》だし。二十代後半《だいこうはん》だし。」

「………。」

「それに、中学生《ちゅうがくせい》なんか相手《あいて》にしてもらえないのもわかってた。まあ、相手《あいて》にしちゃったら、やばいし。」

「だね。」

三人《にん》で笑《わら》う。

「最初《さいしょ》からわかってたけど。でも、なんていうのかな。」

がんちゃんがため息《いき》をついてから言《い》った。

「たとえて言《い》うなら、大《だい》ファンだったアイドルが急《きゅう》に結婚《けっこん》したような感《かん》じかな。」

「わかるよ。」

「かなわないあこがれでも夢《ゆめ》は見《み》られるでしょ？　でも、それがはっきりしちゃったら、夢《ゆめ》はもう見《み》られない。」

「よ〜く、わかるよ。わたしも、翔子先輩《しょうこせんぱい》に恋人《こいびと》ができたら、ショックだもん。」

絵子《えこ》が言《い》う。

「神宮寺先生《じんぐうじせんせい》は、たった一人《ひとり》の人《ひと》のパートナーになったんだって思《おも》ったら、寂《さび》しくなっちゃった。」

「うんうん。わたしも、翔太《しょうた》のとき、そうだったよ。」

「でも、神宮寺先生《じんぐうじせんせい》の結婚相手《けっこんあいて》、気《き》になるな。どんな人《ひと》なんだろう。」

「次《つぎ》、神宮寺先生《じんぐうじせんせい》の社会《しゃかい》の授業《じゅぎょう》だよね。」

「わたし、出席《しゅっせき》するよ。」

がんちゃんが起《お》き上《あ》がった。


「最後《さいご》に、みんなに話《はなし》があります。」

社会科《しゃかいか》の授業《じゅぎょう》の終《お》わりに、神宮寺先生《じんぐうじせんせい》が改《あらた》まった口調《くちょう》で切《き》り出《だ》した。

「個人的《こじんてき》な話《はなし》ですが、結婚《けっこん》しました。」

教室《きょうしつ》のあちこちから声《こえ》が飛《と》ぶ。

「きゃ〜！」

「ウワサはほんとだったんだ！」

「おめでとうございます！」

「ショック。」

教室《きょうしつ》が、大騒《おおさわ》ぎになった。

「みんなに聞《き》かれたので、ちゃんと話《はな》しておかなくちゃと思《おも》って。」

先生《せんせい》がテレたように頭《あたま》をかいた。

「まだ入籍《にゅうせき》だけなんだけどね。」

「先生《せんせい》、相手《あいて》はどんな人《ひと》なんですか？」

クラスの子《こ》が聞《き》く。

「大学《だいがく》の同級生《どうきゅうせい》だよ。」

「ずっとつきあってたんですか？」

「うん。」

「きゃ〜！　純愛《じゅんあい》！」

先生《せんせい》が咳払《せきばら》いを一つしてから言《い》った。

「そして、苗字《みょうじ》が変《か》わりました。」

「え〜！」

「どうして？」

ざわざわ。

さらに、みんなが騒《さわ》ぎ出《だ》す。

「戸籍上《こせきじょう》の苗字《みょうじ》が、神宮寺《じんぐうじ》から、妻《つま》の苗字《みょうじ》の鈴木《すずき》になりました。」

「鈴木先生《すずきせんせい》！」

「どうしてですか？」

教室《きょうしつ》のあちこちから、声《こえ》が上《あ》がる。

「妻《つま》と話《はな》し合《あ》って決《き》めたんだよ。」

「でも、普通《ふつう》、男《おとこ》の人《ひと》の苗字《みょうじ》にならない？」

「結婚《けっこん》したら、女《おんな》の人《ひと》が苗字《みょうじ》を変《か》えるのが当然《とうぜん》というのは思《おも》いこみ。どちらの姓《せい》を選《えら》んでもいいんだよ。」

「わたしは好《す》きな人《ひと》の苗字《みょうじ》になりたいけどなあ。」

声《こえ》が上《あ》がると、

「先生《せんせい》だって、好《す》きな人《ひと》の苗字《みょうじ》になったんだよ。」

先生《せんせい》が笑《わら》って、わたしは、その言葉《ことば》に、ハッとした。

「でも、鈴木《すずき》より、神宮寺《じんぐうじ》のほうがかっこよくないですか？」

別《べつ》の子《こ》が声《こえ》を上《あ》げる。

「彼女《かのじょ》は、鈴木《すずき》という苗字《みょうじ》に愛着《あいちゃく》があるって言《い》うんだ。生《う》まれたときからの苗字《みょうじ》がいいのは、みんな同《おな》じじゃない？　ぼくは、こだわりはないから。」

「わたしは、鈴木鈴《すずきすず》になっちゃうから、鈴木《すずき》はやだな〜。」

わたしが思《おも》わず言《い》うと、みんながドッと笑《わら》った。

「でも、今回《こんかい》、苗字《みょうじ》を変《か》えたら、大変《たいへん》だったよ。」

「なにがですか？」

「クレジットカードや免許証《めんきょしょう》、パスポート。ありとあらゆる名義変更《めいぎへんこう》の手続《てつづ》きが。」

「あ〜、そうか。」

「確《たし》かに、めんどくさ～い。」

「妻《つま》の苗字《みょうじ》になったって、友人《ゆうじん》や知《し》り合《あ》いに話《はな》すと、まだまだ驚《おどろ》かれるしね。理由《りゆう》を聞《き》かれるけど、深《ふか》い意味《いみ》はないんだ。」

「あ～、なるほど。」

「さらに、親《おや》の反対《はんたい》もあって大変《たいへん》だった。」

「先生《せんせい》、反対《はんたい》されたんですか？」

「うん。親《おや》は、結婚《けっこん》したら、男《おとこ》の苗字《みょうじ》になるのが普通《ふつう》だって言《い》うんだ。でも、自分《じぶん》たち夫《ふ》婦《ふ》のことは自分《じぶん》たちに決《き》めさせてほしいと言《い》ったよ。」

「先生《せんせい》、やるう。」

「でも、普通《ふつう》ってなんだろうね？」

先生《せんせい》が静《しず》かに言《い》って、わたしはドキッとした。

翔太《しょうた》が「自分《じぶん》は普通《ふつう》じゃない」と悩《なや》んでいたのが心《こころ》に引《ひ》っかかっているから。

「夫婦別姓《ふうふべっせい》っていう選択肢《せんたくし》があれば、二人《ふたり》とも、苗字《みょうじ》はそのままでよかったんだけどね。」

「先生《せんせい》！　わたしは、夫婦別姓《ふうふべっせい》には賛成《さんせい》です。いろんな選択肢《せんたくし》があっていいと思《おも》います。」

がんちゃんが続《つづ》けた。

「同《おな》じ姓《せい》にしたい人《ひと》はすればいいし、別姓《べっせい》にしたい人《ひと》は選《えら》べるようにするだけで強制《きょうせい》じゃないし、誰《だれ》も困《こま》らないと思《おも》います。」

「そうだね。」

先生《せんせい》が教卓《きょうたく》に手《て》をかけて言《い》った。

「結婚《けっこん》で痛感《つうかん》したけれど、ぼくの両親《りょうしん》の時代《じだい》の常識《じょうしき》と今《いま》の時代《じだい》の常識《じょうしき》はかなり違《ちが》う。両親《りょうしん》の時代《じだい》は、女性差別《じょせいさべつ》が今《いま》よりずっと強《つよ》かった。育《そだ》った時代《じだい》の違《ちが》いによって、世代間《せだいかん》のギャップがあるのは仕方《しかた》ないとは思《おも》っている。でも、ちゃんと話《はな》せば理解《りかい》はし合《あ》えるし、みんなも古《ふる》い常識《じょうしき》は疑《うたが》ったほうがいい。」

「がんちゃんは、自分《じぶん》の意見《いけん》をちゃんと持《も》っていて、きちんと先生《せんせい》に伝《つた》えられて、すごいなあ。」

授業《じゅぎょう》が終《お》わった後《あと》の、休《やす》み時間《じかん》。

わたしは、がんちゃんの席《せき》まで行《い》って伝《つた》えた。

「わたしは、先生《せんせい》が、男女平等《だんじょびょうどう》の考《かんが》えを持《も》っているのに、改《あらた》めて感動《かんどう》したな。だから、意《い》見《けん》が言《い》えたし、やっぱり先生《せんせい》のこと、尊敬《そんけい》する。」

「でも、神宮寺《じんぐうじ》のほうがいいけど。」

わたしが言《い》うと、がんちゃんが苦笑《くしょう》した。

「鈴木《すずき》さんに失礼《しつれい》でしょ?」

「でも。」

「鈴《すず》。日本《にほん》でいちばん多《おお》い苗字《みょうじ》はなんだか知《し》ってる?」

「知《し》ってる。佐藤《さとう》でしょ。」

「正解《せいかい》!」

「確《たし》か、二位《い》は鈴木《すずき》だよね。三位《い》は、高橋《たかはし》。」

「小坂《こさか》は気《き》に入《い》ってる?」

「うん。でも、もう少《すこ》し由緒《ゆいしょ》ありそうな苗字《みょうじ》でも良《よ》かったな〜。武者小路《むしゃのこうじ》とか。」

「武者小路鈴《むしゃのこうじすず》はやりすぎ。」

絵子《えこ》が笑《わら》う。

「そう？　かっこいいじゃない。」

「絵子《えこ》はどんな苗字《みょうじ》がいいの？」

「わたしは、目立《めだ》ちすぎず、さらっと美《うつく》しいみたいなのがいいな～。」

絵子《えこ》が言《い》った。

「たとえば？」

「白石《しらいし》とか。」

「ああ、わかる。」

「一条《いちじょう》も良《よ》くない？」

「うん。五十嵐《いがらし》もいいね。」

三人《にん》で、わいわい盛《も》り上《あ》がっちゃった。

「がんちゃんは、結婚《けっこん》したら、苗字《みょうじ》はどうするの？」

「う～ん。岩田《いわた》ってゴツい感《かん》じがするからなあ。まあ、相手次第《あいてしだい》かな。」

「苗字《みょうじ》のことで悩《なや》む日《ひ》が来《く》るんだろうか。」

絵子《えこ》がつぶやく。

「結婚《けっこん》かあ。」

「鈴《すず》は、将来《しょうらい》、結婚《けっこん》したい？」

がんちゃんが聞《き》いてくる。

「うん、いつかは。」

「どうして？」

「うちのパパとママを見《み》てると、なんかいいなって思《おも》うんだよね。仲《なか》がいいし、助《たす》け合《あ》ってるし。ああいう、気《き》が合《あ》う相手《あいて》と結婚《けっこん》したいなって思《おも》うんだよね。」

「わたしは、あんまり結婚《けっこん》に期待《きたい》してない。うちの両親《りょうしん》は仲悪《なかわる》いし。」

がんちゃんが言《い》った。

「そうなの？」

「おたがい、仕事《しごと》が忙《いそが》しくて、コミュニケーションが取《と》れてないんじゃないかなあ。」

「そうなんだ。」

「母《はは》は離婚《りこん》したいみたい。わたしがいるから、がまんしてるんだと思《おも》う。」

がんちゃんがため息《いき》をついた。

「母《はは》には『結婚《けっこん》したって、先《さき》はわからないから、手《て》に職《しょく》をつけろ』と言《い》われてる。」

「がんちゃんのママ、バリバリのキャリアウーマンだもんね。」

三者面談《さんしゃめんだん》のとき、見《み》たことがあるけど、スーツ姿《すがた》で背筋《せすじ》がシャンとして、表情《ひょうじょう》がキリッとしたママだった。

「絵子《えこ》のママは専業主婦《せんぎょうしゅふ》でしょ？」

「美人《びじん》だし、オシャレだよね〜。」

がんちゃんが言《い》う。

「アラフィフ雑誌《ざっし》で読《どく》モやってるし。」

「恥《は》ずかしいから、やめてほしい。」

「え？　そうなの？」

「うちのママ、見《み》えないとこではひどいもんだよ。インスタとか、表《おもて》だけかっこつけてるんだ。毎日《まいにち》、『映《ば》え』しか気《き》にしてない。家族《かぞく》より自分《じぶん》の映《ば》え。毎日《まいにち》スマホをチェックして、一喜一憂《いっきいちゆう》してる。SNS《エスエヌエス》中毒《ちゅうどく》だよ。」

「そうなんだ……。」

「うちのママ、結婚前《けっこんまえ》は働《はたら》いてたんだよ。でも、わたしが生《う》まれて、会社《かいしゃ》をやめたのね。」

「うん。」

「でも、『家族《かぞく》に尽《つ》くすだけの人生《じんせい》はやだ！』って、ある日《ひ》、雑誌《ざっし》の美魔女《びまじょ》モデルに応募《おうぼ》したんだよ。『わたしってこんなに幸《しあわ》せ』アピールを続《つづ》ける承認欲求《しょうにんよっきゅう》のモンスターみたいになってる。」

「へえ〜。」

「わたしは将来《しょうらい》、犬《いぬ》を飼《か》って、ユーチューブ動画《どうが》をやってみたいなあ。」

「鈴《すず》、そんなこと思《おも》ってたの？」

「うん。わたし、犬《いぬ》の動画《どうが》サイトはよく見《み》るんだ。飼《か》ってないから、見《み》るとうれしくなる。」

「まあ、動物《どうぶつ》の動画《どうが》は、つい見《み》ちゃうよね。」

「あと、パンとかお菓子《かし》作《づく》りの動画《どうが》もよく見《み》るよ、動画《どうが》だと手順《てじゅん》がわかりやすいし。」

「へえ、どんなの見《み》てるの？」

「『ララの魔法《まほう》のベーカリー』とか、『牧《まき》のパン研究所《けんきゅうじょ》』とか。知《し》ってる？」

「あ、聞《き》いたことある。」

「でも、意外《いがい》。絵子《えこ》は自分《じぶん》のママが自慢《じまん》かと思《おも》ってた。」

「鈴《すず》のママのほうが、いいよ。さっぱりしてて気《き》さくで話《はな》しやすくて。」

「わたしもそう思《おも》う！」

がんちゃんも言《い》った。

「わたしは、絵子《えこ》のママのほうがいい！」

「『隣《となり》の芝生《しばふ》は青《あお》い』のかな。」

「でも、家庭《かてい》って、それぞれ違《ちが》うんだね。」

「結婚観《けっこんかん》もそれぞれ。」

「でも、翔太《しょうた》は好《す》きな人《ひと》と結婚《けっこん》できないんだよね？」

「まだ日本《にほん》ではね。でも、これから、変《か》わっていくと思《おも》うよ。」

がんちゃんが言《い》った。

「世界《せかい》では、同性婚《どうせいこん》を認《みと》める国《くに》が増《ふ》えているし。」

「そうなんだ。」

「性別《せいべつ》にかかわらず、誰《だれ》もが好《す》きな人《ひと》と安心《あんしん》していっしょに過《す》ごせる社会《しゃかい》になるといいよね。」

がんちゃんが言《い》った。

「さすが、未来《みらい》の弁護士《べんごし》！」

わたしと絵子《えこ》は拍手《はくしゅ》した。

友達《ともだち》っていいな。

自分《じぶん》では考《かんが》えないようなことも教《おし》えてもらえる。

よかった。

いっしょに考《かんが》えてくれる、頼《たよ》れる友達《ともだち》がいて。

7 将来《しょうらい》、どんな仕事《しごと》につこうかな？ 漫画家《まんがか》もいいな！

「う〜ん。難《むずか》しい。」

わたしは、頭《あたま》を抱《かか》えた。

放課後《ほうかご》のクラブハウスの部室《ぶしつ》には、わたし一人《ひとり》。

いざ描《か》いてみると、漫画《まんが》って、難《むずか》しいんだ、これが。


小坂鈴《こさかすず》。

中二《ちゅう》の五月《がつ》から、漫画研究部《まんがけんきゅうぶ》に入部《にゅうぶ》しました。

これがすごく楽《たの》しい！

絵子《えこ》がいるし、高等部《こうとうぶ》や中等部《ちゅうとうぶ》、学年関係《がくねんかんけい》なくおしゃべりできて、居心地《いごこち》がいい。

好《す》きな漫画《まんが》やアニメやゲームの話《はなし》をしたり、イラストを描《か》いたり。
将来《しょうらい》、漫画家《まんがか》もいいなあと考《かんが》え中《ちゅう》。
活動《かつどう》は週《しゅう》一回《かい》だけど、部室《ぶしつ》はいつでも自由《じゆう》に使《つか》っていいんだよ。
今日《きょう》は、なんとなく家《いえ》に帰《かえ》りたくなくて、一人《ひとり》で部室《ぶしつ》に寄《よ》り道《みち》。
だって、最近《さいきん》、翔太《しょうた》がやたらと家《いえ》に来《く》るんだもん。
別《わか》れたからって変《か》わり身《み》が早《はや》いよね。
それにしても、創作《そうさく》って難《むずか》しい。
秋《あき》の文化祭《ぶんかさい》に出《だ》す部誌《ぶし》では、それぞれが、漫画《まんが》を描《か》くことになっているんだ。
でも、全《まった》くの初心者《しょしんしゃ》でどうしたらいいのかわからない。
まず、お話《はなし》を考《かんが》えるのが難《むずか》しい。
わたしは、部室《ぶしつ》の本棚《ほんだな》から、去年《きょねん》の部誌《ぶし》を取《と》り出《だ》す。
学校《がっこう》で堂々《どうどう》と漫画《まんが》が読《よ》めるなんて最高《さいこう》だよね。
表紙《ひょうし》をめくる。
最初《さいしょ》の作品《さくひん》のタイトルは、

『恋人《こいびと》たちの過《す》ごした時間《じかん》』。
ちなみに、漫画《まんが》の一ページ目《め》は『扉《とびら》』というんだよ。
タイトルが入《はい》ってる、表紙《ひょうし》のような部分《ぶぶん》のことね。
あ、これ、翔子《しょうこ》先輩《せんぱい》の漫画《まんが》なんだ。
わあ、絵《え》がうまい。プロみたいだ。
冒頭《ぼうとう》は、いきなりモノローグから始《はじ》まる。

誰《だれ》かを好《す》きになってみたい。
ずっと思《おも》ってた。
そして、
誰《だれ》かに好《す》きになってもらいたい。

ああ、わかる〜。

誰《だれ》かに好《す》きになってもらいたいよね。

でも、そんなこと、わたしじゃ起《お》こりそうもないけど。

翔子先輩《しょうこせんぱい》って、こんな繊細《せんさい》な絵《え》を描《か》くんだ。

うまいなあ。

「鈴《すず》ちゃん。」

男《おとこ》の子《こ》がかっこよくて、うっとり。

「鈴《すず》ちゃん。」

「あ！　翔子先輩《しょうこせんぱい》！」

びっくりした！　いつの間《ま》に！

「わわ。今《いま》、先輩《せんぱい》の漫画《まんが》を読《よ》んで浸《ひた》ってたんです。」

「あら。」

「先輩《せんぱい》の漫画《まんが》、完成度《かんせいど》が高《たか》いですね。」

「ありがとう。」

翔子先輩《しょうこせんぱい》って、いつも、背筋《せすじ》がピンとしていて姿勢《しせい》がいい。

背《せ》が高《たか》くて、手脚《てあし》が長《なが》い。

気品《きひん》が漂《ただよ》っていて、うっとりしちゃう。

「先輩《せんぱい》。漫画《まんが》って、どう描《か》いたらいいんですか？　わたし、超素人《ちょうしろうと》なので、すごく初歩的《しょほてき》なことを聞《き》いていいですか？」

「いいわよ。」

「まず、道具《どうぐ》は、なにをそろえたらいいんですか？」

「趣味《しゅみ》で描《か》くんだから、どんな紙《かみ》に描《か》いてもいいし、どんなペンで描《か》いてもいいのよ。」

「え？　そうなんですか？」

「極端《きょくたん》な話《はなし》、紙《かみ》と鉛筆《えんぴつ》があれば、漫画《まんが》は描《か》けるのよ。わたしも、最初《さいしょ》は、ノートに鉛筆《えんぴつ》で漫画《まんが》を描《か》くところから始《はじ》めたもの。」

「わ。道具《どうぐ》からそろえなくちゃいけないと思《おも》ってました。今《いま》は、デジタルで描《か》いてる漫画《まんが》家《か》さんも多《おお》いですよね？」

「そうね。わたしも、デジタルの練習《れんしゅう》もしてるのよ。」

「デジタルとアナログ、どっちで描《か》くのがいいですか？」

「好《す》きなほうでいいと思《おも》うけど、まず、初《はじ》めはアナログで描《か》いてみましょうか？」

「はい！」

「細《こま》かい技術《ぎじゅつ》は後《あと》から。まず、最初《さいしょ》は、どんなお話《はなし》を描《か》きたいのか？　を考《かんが》えてみて。」

「う〜ん。それが難《むずか》しい。」

「鈴《すず》ちゃんは、どんな漫画《まんが》が好《す》きなの？」

「えっと、恋愛《れんあい》ものですね。プラス、笑《わら》えるやつが好《す》き。」

「じゃあ、ラブコメね。まずは、好《す》きなもの。自分《じぶん》が今《いま》、描《か》けるものを描《か》くといいわよ。」

「今《いま》、描《か》けるものですか？」

「そう。背伸《せの》びしなくていいのよ。わたしも、最初《さいしょ》は、気負《きお》って、壮大《そうだい》なファンタジーを描《か》こうとして、挫折《ざせつ》したのよ。」

「へえ、先輩《せんぱい》でもそうなんだ。」

「実力《じつりょく》もないのに、ハードルを高《たか》くしすぎたのよね。」

「ああ、わかります。」

「もちろん、理想《りそう》は高《たか》く持《も》っていいのよ。けれど一歩《ぽ》ずつ歩《ある》かないと、山《やま》の頂上《ちょうじょう》には行《い》けないから。」

先輩《せんぱい》が笑《わら》った。

「なにかすごいものを完成《かんせい》させなきゃと考《かんが》えているうちに、時間《じかん》だけどんどん経《た》って、一作《いっさく》も描《か》かないで卒業《そつぎょう》した先輩《せんぱい》もいるのよ。」

「それはまずいですね。」

「だから、下手《へた》でいいから、まず、今描《いまか》けるものを描《か》いてね。」

「はい。」

「それに、好《す》きなものだったら、描《か》いていて楽《たの》しいでしょ？」

「はい！」

「恋愛《れんあい》ものなら、なぜ、主人公《しゅじんこう》がその人《ひと》を好《す》きになったのか、その動機《どうき》をしっかり作《つく》れば、お話《はなし》の核《かく》になるわよ。」

漫《まん》画《が》の制《せい》作《さく》の流《なが》れを押《お》さえておきましょう。

☑まずは、テーマ。どんなお話《はなし》を描《か》きたいのか、
イメージをふくらませて、じっくり考《かんが》えてみてね。

☑プロット。お話《はなし》のあらすじのことです。これを文章《ぶんしょう》にしてみましょう。

☑キャラクター設定《せってい》。主人公《しゅじんこう》はどんな子《こ》かな？　キャラクターを詳《くわ》しく決《き》めていきましょう。
名前《なまえ》や性格《せいかく》、髪型《かみがた》、好《す》き嫌《きら》いなど。サブキャラも同《おな》じように設定《せってい》を決《き》めます。

☑ネーム。これは、漫画《まんが》の設計図《せっけいず》。お話《はなし》とコマ割《わ》りの下描《したが》きのようなもの。
映画《えいが》やドラマでいう絵《え》コンテに当《あ》たるものです。

☑下絵《したえ》。ネームを元《もと》に原稿用紙《げんこうようし》に鉛筆《えんぴつ》で下描《したが》きをします。

☑ペン入《い》れ。下描《したが》きをG《ジー》ペンや丸《まる》ペンなどを使《つか》って仕上《しあ》げていって、
スクリーントーン（模様《もよう》や背景画《はいけいが》などが印刷《いんさつ》された粘着《ねんちゃく》シート）、
ベタ（髪《かみ》や影《かげ》など指定《してい》された範囲《はんい》を黒《くろ》く塗《ぬ》ること）などで手《て》を入《い》れて完成《かんせい》です。

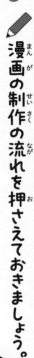

翔子先輩《しょうこせんぱい》が微笑《ほほえ》んだ。

「『イケメンだから好《す》き』だけだと、ストーリーに説得力《せっとくりょく》がなくなっちゃう。」

「そうかあ。タメになります！」

「わたしは、思《おも》いついたアイディアはなんでもメモしてるのよ。漫画以外《まんがいがい》のことにも興味《きょうみ》を持《も》ってね。いろんな経験《けいけん》が、漫画《まんが》の役《やく》に立《た》つから。」

「はい。」

「あと、漫画《まんが》っていうと絵《え》のことばかりになっちゃうけど、わたしは、国語《こくご》の勉強《べんきょう》も大切《たいせつ》だなって思《おも》ってる。」

「絵《え》も文章《ぶんしょう》も！　漫画家《まんがか》って大変《たいへん》ですね。」

「そうよ。絵《え》を上達《じょうたつ》させるためには、とにかく、毎日《まいにち》、描《か》くこと。たくさん描《か》けば描《か》くほど、うまくなる。」

「ですよね。」

「でもね。鈴《すず》ちゃん、わたし、発見《はっけん》したの。習《なら》うっていう漢字《かんじ》には、羽《はね》って漢字《かんじ》が入《はい》ってるって。いろんなことを習《なら》うと、羽《はね》を持《も》つことができて、もっと遠《とお》くまで飛《と》べるようになるの。」

「わあ。羽《はね》ですか。いいこと聞《き》いた。」

「鈴《すず》ちゃんの漫画《まんが》、楽《たの》しみにしてるわね。」

窓《まど》の外《そと》が、夕焼《ゆうや》けに染《そ》まっている。

「さあ、もう帰《かえ》りましょうか。」

「はい！」


部室《ぶしつ》を出《で》て、翔子先輩《しょうこせんぱい》と並《なら》んで廊下《ろうか》を歩《ある》く。

それだけのことなのに、なんだか心臓《しんぞう》がドキドキした。

だって、素敵《すてき》なんだもの。

すれ違《ちが》う生徒《せいと》が、翔子先輩《しょうこせんぱい》に目《め》を向《む》ける。

「わ、翔子先輩《しょうこせんぱい》だ。」

「キレイ。」

ささやきが聞《き》こえる。

ファンがいっぱいいるんだなあ。

「鈴《すず》ちゃん、わからないことがあったら、なんでも聞《き》いてね。」

「はい！」

いっしょにいるだけで、誇《ほこ》らしい気持《きも》ちになってくる。

絵子《えこ》があこがれる気持《きも》ちもわかるよ。

先輩《せんぱい》は、わたしのつまんない質問《しつもん》にだって、微笑《ほほえ》みながら答《こた》えてくれて、優《やさ》しい瞳《ひとみ》がわたしを包《つつ》んでくれるような気《き》がする。

お姉《ねえ》さんがいたら、こんな感《かん》じなのかな。

絵子《えこ》は、つきあってもいいって言《い》ってた。

ふと、先輩《せんぱい》が絵子《えこ》を抱《だ》きしめているところを想像《そうぞう》してみた。

うわっ。

想像《そうぞう》しただけで、心臓《しんぞう》がバクバクいってる。

なんだかすごくいけないことを妄想《もうそう》してしまった気《き》がする。

つきあって、恋人《こいびと》になるってことだもんね。

やだ。どうしよう。

ダメ。意識《いしき》しちゃって先輩《せんぱい》の顔《かお》が見《み》られない。

わたし、どうしちゃったの？

8 カレと別《わか》れてから、やたらと翔太《しょうた》が家《いえ》にやってくるようになったんだけど……

「う〜ん。なんか違《ちが》うなあ。」

自宅《じたく》の二階《かい》の自分《じぶん》の部屋《へや》で、漫画《まんが》のプロットを書《か》いているところ。

男女《だんじょ》の恋愛《れんあい》が、どうも、うまく書《か》けない。

じゃあ、男同士《おとこどうし》にしてみたらどうだろう?

いや、女《おんな》の子同士《こどうし》とか。

「鈴《すず》!」

ママが下《した》から叫《さけ》んだ。

「は〜い。」

「翔太《しょうた》くんが来《き》たわよ。」

「え？　翔太《しょうた》？　また？」

ちょっと待《ま》った。

このプロットは、見《み》せられない！

あわてて、引《ひ》き出《だ》しの中《なか》にしまう。

「ちょっと待《ま》って～！」

わあ、髪《かみ》ボサボサで、ひどい格好《かっこう》だよ。

上下《じょうげ》ジャージだし。

部屋《へや》もめちゃめちゃ汚《きたな》い！

さすがに、このままではまずい。

ベッドの上《うえ》の脱《ぬ》ぎ散《ち》らかした服《ふく》をあわててかき集《あつ》めて、クローゼットに放《ほう》りこんでいると、翔太《しょうた》が階段《かいだん》を上《あ》がってくる音《おと》がして、バン！　ドアが勢《いきお》いよく開《あ》いた。

「鈴《すず》！」

「うわああ。」

「わ。鈴《すず》、ごめん。」

翔太《しょうた》があわてて、ドアを閉《し》めた。

「いいよ。入《はい》って。」

とほほ。

翔太《しょうた》に取《と》り繕《つくろ》ってもしょうがないもんね。

「どうしたの。そんなにあわてて？」

「うん。」

翔太《しょうた》が床《ゆか》に座《すわ》る。

「すごいショックなことがあって。」

「え？」

「樹《いつき》の新《あたら》しくつきあってる子《こ》、女《おんな》の子《こ》だった。」

「え！　どういうこと？　両方《りょうほう》とつきあえるってこと？」

「……わからない。」

「でも、樹《いつき》くん、恋愛対象《れんあいたいしょう》は男《おとこ》の子《こ》って言《い》ってなかった？」

「そう聞《き》いていたけど。」

「え〜。」
ただでさえ失恋《しつれん》はつらいのに、さらに、相手《あいて》が女《おんな》の子《こ》って複雑《ふくざつ》だよね。
翔太《しょうた》は、相当《そうとう》なショックを受《う》けているみたい。
ガックリ肩《かた》を落《お》としてる。
あれ。翔太《しょうた》、また痩《や》せたんじゃない？
落《お》ちこむと食欲《しょくよく》がなくなるって言《い》ってたもんね。
なんだか、弱々《よわよわ》しくて、はかなくて。
このままじゃ、翔太《しょうた》が壊《こわ》れちゃいそう。
ああ、見《み》ていられない。
ほんとにつらそうなんだもん。
こんな翔太《しょうた》なんか、見《み》たくない。
そう思《おも》ったら、怒《いか》りが湧《わ》いてきた。
おい、山本樹《やまもといつき》！
許《ゆる》せん！

翔太《しょうた》のこと、こんなに傷《きず》つけて！

「でも、樹《いつき》も女《おんな》の子《こ》が相手《あいて》なら、誰《だれ》にでも言《い》えるし、人前《ひとまえ》で手《て》もつなげる。変《へん》な目《め》で見《み》られないし。幸《しあわ》せだよね。」

「そうなのかなあ。」

翔太《しょうた》が顔《かお》を上《あ》げた。

「鈴《すず》。」

「なに？」

「オレも鈴《すず》となら、つきあえるかな。」

「は？」

頭《あたま》が真《ま》っ白《しろ》になる。

「なに言《い》ってんの。」

わたし、翔太《しょうた》のこと、好《す》きだった。

ううん。今《いま》でも好《す》きだよ。

でも、でもね。

「翔太《しょうた》のバカ！」

わたしは叫《さけ》んでた。

「鈴《すず》。」

「樹《いつき》くんが女《おんな》の子《こ》とつきあったから、自分《じぶん》もなんて、そういう趣味《しゅみ》の悪《わる》い冗談《じょうだん》は、やめてよね！」

「鈴《すず》。」

「不愉快《ふゆかい》だよ。まだ、樹《いつき》くんのこと好《す》きなくせに！」

翔太《しょうた》のこと、ずっと好《す》きだった。

でも、そんなこと言《い》われても、ちっともうれしくない。

そして、ものすごく悲《かな》しい。

だって、本気《ほんき》じゃないってわかるから。

人《ひと》の気《き》も知《し》らないで、ひどいよ。

「鈴《すず》。ごめん。変《へん》なこと言《い》って、ごめん。」

「もう、帰《かえ》って！」

「ごめん、鈴《すず》に甘《あま》えてた。ごめん、悪《わる》かった。ほんとにごめん。帰《かえ》るね。」

そう言《い》うと、翔太《しょうた》が部屋《へや》を出《で》ていった。

パタン。ドアが閉《し》まる。


わたしは、ベッドに倒《たお》れこむ。

バカ。翔太《しょうた》のバカ。

だって翔太《しょうた》の顔《かお》に書《か》いてあったよ。

樹《いつき》くんのこと、忘《わす》れられないって。

にじんできた涙《なみだ》。

わたしはどうすればいいのよ？

コンコン。

そのとき、ドアをノックする音《おと》がした。

「鈴《すず》？」

「パパ。」

「翔太《しょうた》くんとなにかあった？」

「あ、うん。」

「入《はい》っていいか？」

「どうぞ。」

「翔太《しょうた》くんが、鈴《すず》を怒《おこ》らせてしまったって言《い》って、帰《かえ》っていったから。」

「まあ、ちょっとね。」

パパとベッドに並《なら》んで腰掛《こしか》ける。

「鈴《すず》は、今《いま》、十三歳《さい》だよな。」

「そうだよ。」

「『あの十二歳《さい》のときのような友達《ともだち》は、もうできない。もう二度《にど》と……』。」

パパがふいにつぶやいた。

「なにそれ？」

「『スタンド・バイ・ミー』っていう映画《えいが》に出《で》てくるフレーズ。今《いま》から四十年近《ねんちか》く前《まえ》の映《えい》画《が》。パパが十代《だい》のときに見《み》たんだ。」

「へえ、どんな映画《えいが》？」

「十二歳《さい》の男《おとこ》の子《こ》四人《にん》の映画《えいが》なんだけどさ。秘密基地《ひみつきち》で集《あつ》まったり、線路《せんろ》をず〜っと歩《ある》いて、森《もり》に死体《したい》を探《さが》しに行《い》ったりするんだ。」

「死体《したい》？　こわいな。」

「こわい映画《えいが》じゃないよ。そんな冒険《ぼうけん》に行《い》くような友達《ともだち》って、もう大人《おとな》になったらできない。そういう話《はなし》だよ。」

「ふ〜ん。」

「大人《おとな》になったら、昔《むかし》の友達《ともだち》とはそんなに会《あ》えなくなる。みんな、仕事《しごと》や家庭《かてい》でそれぞれ忙《いそが》しいからね。」

「そうかもね。」

「鈴《すず》も、大人《おとな》になったら、今《いま》の仲良《なかよ》しの友達《ともだち》を、きっと誰《だれ》よりも大切《たいせつ》な友達《ともだち》として、なつかしく思《おも》い出《だ》すと思《おも》うよ。」

がんちゃんと絵子《えこ》の顔《かお》が頭《あたま》をよぎる。

そして、翔太《しょうた》の顔《かお》も。

「パパも就職《しゅうしょく》してからは、とにかく一人前《いちにんまえ》になりたくて、がむしゃらに仕事《しごと》して。なかなか、昔《むかし》の友達《ともだち》との時間《じかん》をつくることができなかった。」

「パパは、働《はたら》きすぎ。」

「だから、鈴《すず》にいいことを教《おし》えてやろう。四十すぎて思《おも》ったこと。」

「うん。」

「人生《じんせい》で大事《だいじ》なものは、まずは健康《けんこう》。」

「大人《おとな》って、すぐにそう言《い》うね。」

「中学生《ちゅうがくせい》の鈴《すず》には、ピンと来《こ》ないだろうけどね。」

「次《つぎ》は？」

「心《こころ》から大好《だいす》きな趣味《しゅみ》。」

「漫画《まんが》が好《す》き！」

「ああ、いいね。パパも大好《だいす》きだ。」

パパが笑《わら》った。

「そして、いいときも悪《わる》いときも味方《みかた》でいてくれる家族《かぞく》や友人《ゆうじん》。たった一人《ひとり》でもいい。」

「へえ。」

「この三つがあれば、なにがあろうと、生《い》きていける。」

パパが、笑《わら》った。


わたしは、今《いま》のところ健康《けんこう》だし、漫画《まんが》が好《す》きだし、パパとママとお兄《にい》ちゃんがいる。

がんちゃんと絵子《えこ》がいる。

ケンカしたけど、翔太《しょうた》がいる。

もう、それで、十分《じゅうぶん》だってことだよね。

じゃあ、わたし、これから、なにがあっても、なんとか生《い》きていけるよね。

そう考《かんが》えたら、少《すこ》しほっとした。

そして、思《おも》ったんだ。

わたし、樹《いつき》くんと会《あ》おう。

話《はなし》をしようって——。

9 樹《いつき》くんに会《あ》って、どうなってるのか真実《しんじつ》を聞《き》いてみました

日曜日《にちようび》。待《ま》ち合《あ》わせた駅《えき》の改札《かいさつ》に樹《いつき》くんがやってきた。

見《み》た目《め》は、清潔《せいけつ》そうで、賢《かしこ》そうな顔立《かおだ》ちで、誰《だれ》もが好感《こうかん》を抱《いだ》く男《おとこ》の子《こ》だと思《おも》う。


わたしは、意《い》を決《けっ》して、前《まえ》に会《あ》ったとき交換《こうかん》したスマホの番号《ばんごう》に電話《でんわ》をかけて呼《よ》び出《だ》したんだ。

ついに翔太《しょうた》とケンカしてしまった。

そしてその元凶《げんきょう》は樹《いつき》くんだ。

いったい、どういうつもりなのか。

なにがどうなっているのか。

ちゃんと話《はな》さないといけないと思《おも》ったんだ。

「鈴《すず》さん。ひさしぶり。来《き》てくれてありがとう。」

「ひさしぶりです。」

樹《いつき》くんが、礼儀正《れいぎただ》しく、ぺこりと頭《あたま》を下《さ》げた。

わたしたちは、自販機《じはんき》でお茶《ちゃ》を買《か》って、近《ちか》くの公園《こうえん》のベンチに並《なら》んで座《すわ》った。

「こんなこと、余計《よけい》なお世話《せわ》だと思《おも》うし、部外者《ぶがいしゃ》のわたしが言《い》うことじゃないけど、翔太《しょうた》が、まいっちゃってるの。かなり痩《や》せてしまって。」

「はい……。」

「ねえ、どうなってるの？　どうして、別《わか》れちゃったの？」

「それは……。」

「女《おんな》の子《こ》とつきあってるって聞《き》いたけど、翔太《しょうた》はすごく傷《きず》ついてるよ。」

「ごめんなさい。」

樹《いつき》くんが、わたしに深々《ふかぶか》と頭《あたま》を下《さ》げた。

「あの、女《おんな》の子《こ》ともつきあえるの？」

「翔太《しょうた》には、そう言《い》ったけど、つきあってません。」

「え？」

「ウソなんです。好《す》きな人《ひと》なんかいない。」

「え！　どういうこと？」

わたしはびっくり。

「母親《ははおや》にカミングアウトしたら、ものすごく泣《な》かれちゃって。」

樹《いつき》くんが、ぽつりぽつりと話《はな》しだした。

「理解《りかい》してもらえなかった。男《おとこ》の子《こ》を好《す》きなのはただの気《き》の迷《まよ》いで、女《おんな》の子《こ》とつきあえば、女《おんな》の子《こ》の良《よ》さがわかって好《す》きになるはずだって。」

「ああ。」

「それで、どうしても、翔太《しょうた》と別《わか》れてくれって。」

「そんな。」

「自分《じぶん》で別《わか》れられないなら、翔太《しょうた》の両親《りょうしん》に別《わか》れさせてくれって話《はな》しに行《い》くって言《い》われて。」

「それは、ダメだよ、翔太《しょうた》は話《はな》してないし！」

「わかってる。そんなことになったら、大変《たいへん》なことになる。翔太《しょうた》がすごく傷《きず》ついてしまうし。」

「だから、ウソをついて、別《わか》れた。」

「はい。」

「なんだ。そうだったんだ……。」

樹《いつき》くんは、翔太《しょうた》を守《まも》るためにウソをついて別《わか》れた。

つらかったよね。

なんだ。樹《いつき》くん、いいヤツだった……。

「鈴《すず》さんに、心配《しんぱい》かけてすみません。」

「翔太《しょうた》は、まだ樹《いつき》くんのことが好《す》きだよ。だから、できれば、やり直《なお》してほしい。」

「鈴《すず》さん。」

「まだ、翔太《しょうた》のこと好《す》きでしょ？」

「はい。」

「だったら、その正直《しょうじき》な気持《きも》ちだけでも伝《つた》えてあげて。お願《ねが》いします。」

「はい。いろいろ、ご迷惑《めいわく》をおかけして、すみませんでした。」

樹《いつき》くんが、また深々《ふかぶか》と頭《あたま》を下《さ》げた。


樹《いつき》くんと別《わか》れて、とぼとぼ歩《ある》き出《だ》す。

二人《ふたり》とも、心《こころ》の底《そこ》で思《おも》い合《あ》ってた。

なんだ。もう、これ以上《いじょう》、わたしに世話《せわ》を焼《や》かせないでよ。

まいったな。

わたし、なんで、二人《ふたり》の恋《こい》のキューピッドをやってるんだろ。

なんだか、また失恋《しつれん》した気分《きぶん》だよ。

でも、よかったね。

翔太《しょうた》。

二人《ふたり》は両思《りょうおも》いだよ。

そう思《おも》ったら、ぎゅっと胸《むね》が詰《つ》まった。

熱《あつ》いものが、喉《のど》につかえる。
ダメ。鈴《すず》。泣《な》いちゃダメだよ。
でも、ぽろり、涙《なみだ》が勝手《かって》にあふれてきて。
ほおを滑《すべ》り落《お》ちていった。

翔太《しょうた》、よかったね。
でも、なんでこんなに胸《むね》が痛《いた》いんだろう。
わたし、まだ翔太《しょうた》のこと好《す》きなのかな……。

10 緊急事態《きんきゅうじたい》です！生《う》まれて初《はじ》めて「好《す》き」と告白《こくはく》されてしまいました！

「翔子先輩《しょうこせんぱい》。わたしの漫画《まんが》にアドバイスいただき、ありがとうございました。」

「部長《ぶちょう》として、当然《とうぜん》よ。」

期末試験期間中《きまつしけんきかんちゅう》は静《しず》まり返《かえ》っていた学校《がっこう》に、活気《かっき》が戻《もど》ってきた。

空《そら》は晴《は》れ渡《わた》って、制服《せいふく》の白《しろ》いシャツが光《ひかり》を反射《はんしゃ》してまぶしい。

部活《ぶかつ》の後《あと》、翔子先輩《しょうこせんぱい》と二人《ふたり》で帰《かえ》るところ。

あれから、月日《つきひ》はあっという間《ま》に過《す》ぎて七月《がつ》になった。

鮮《あざ》やかな緑《みどり》に囲《かこ》まれたテニスコートでは、練習試合《れんしゅうじあい》をしている。

翔太《しょうた》と樹《いつき》くんは、仲直《なかなお》りをしたみたいだ。

やっと翔太《しょうた》に笑顔《えがお》が戻《もど》ってきた。

「漫画《まんが》を描《か》くのがこんなに大変《たいへん》だとは思《おも》いませんでした。さらっと読《よ》めちゃうのに、描《か》くのは大変《たいへん》なんですね。」

「ほんとよね。」

「なんか自分《じぶん》は、才能《さいのう》ないなあって思《おも》います。」

「才能《さいのう》なんかなくても、たくさん描《か》いていれば、うまくなるものだし、技術《ぎじゅつ》もついていくから大丈夫《だいじょうぶ》よ。」

「だといいんですけど。」

「下手《へた》でもいいから、とにかく、一つ描《か》き上《あ》げてみること。あきらめちゃったら、なにも始《はじ》まらないわよ。」

先輩《せんぱい》が、美《うつく》しい顔《かお》でわたしの瞳《ひとみ》を覗《のぞ》きこんで言《い》った。

そのとき、全身《ぜんしん》にビリッと電流《でんりゅう》が走《はし》った。

息《いき》が止《と》まった。

胸《むね》がドキドキして、そわそわして、体中《からだじゅう》で、炭酸《たんさん》の泡《あわ》が弾《はじ》けてるみたい。

ときめきが止《と》まらない。

なに、これ？

どういうこと？

「鈴《すず》。話《はなし》があるんだけど。ちょっといい？」

翌日《よくじつ》の放課後《ほうかご》、絵子《えこ》に中庭《なかにわ》に呼《よ》び出《だ》された。

「なに？　改《あらた》まって。」

「翔子《しょうこ》先輩《せんぱい》とデートしたんだって？」

「え？　デート!?　してないけど。」

「かき氷《ごおり》を食《た》べに行《い》ったんでしょ？」

「ああ、昨日《きのう》の放課後《ほうかご》、先輩《せんぱい》と帰《かえ》りに寄《よ》り道《みち》しただけだよ。」

「わたしは、先輩《せんぱい》とかき氷《ごおり》食《た》べになんて行《い》ったことないよ。」

「絵子《えこ》、怒《おこ》ってるの？　先輩《せんぱい》とは、そんなんじゃないよ。」

「翔子《しょうこ》先輩《せんぱい》はね。女《おんな》の子《こ》が好《す》きなんだよ。」

「え？」

「つまり、恋愛対象《れんあいたいしょう》が女《おんな》の子《こ》。」

「わ！　そうだったんだ！」

ドキッとした。

「先輩《せんぱい》、鈴《すず》のこと好《す》きなんじゃないかな。」

「まさか！　わたしと先輩《せんぱい》はそんなんじゃないし、絵子《えこ》だって、先輩《せんぱい》と仲《なか》がいいじゃない。」

「そうじゃない。わたし、先輩《せんぱい》に鈴《すず》のことを、取《と》られたくないんだ。」

「は？」

あれ？

なんかおかしいぞ？

「鈴《すず》は、わたしのこと、どう思《おも》ってる？」

「どうって、好《す》きだけど。」

「わたしも鈴《すず》のこと大好《だいす》きだよ。」

「え？　絵子《えこ》が好《す》きなのは、翔子先輩《しょうこせんぱい》じゃないの？」

「あこがれてるだけ。ほんとに好《す》きなのは、鈴《すず》だよ。」

「ひえ!!」

心臓《しんぞう》が跳《は》ね上《あ》がって、絵子《えこ》の顔《かお》を見《み》た。

「わ、わたしのどこがいいの？　かわいくないし、お調子者《ちょうしもの》だし。バカだし、カバだし。」

なに言《い》ってんだろ？

ボッと、耳《みみ》の付《つ》け根《ね》まで熱《あつ》くなる。

「鈴《すず》は、まっすぐで、友達思《ともだちおも》いのいい子《こ》だし。」

「あの、これ冗談《じょうだん》だよね？」

「わたし、本気《ほんき》だから。」

「え！」

「鈴《すず》。わたしとつきあって！」

え～～～～！

わたし、大《だい》パニック！

これから、わたし、どうしたらいいの？

誰《だれ》か、教《おし》えて！

みんなのお悩《なや》み

深《み》雪《ゆき》先《せん》生《せい》に相《そう》談《だん》しよう！

学校《がっこう》のことや友達《ともだち》、恋愛《れんあい》、
進路《しんろ》や将来《しょうらい》のこと。みんなのいろんな悩《なや》みに
深雪先生《みゆきせんせい》が答《こた》えてくれるよ！

Q 将来《しょうらい》の夢《ゆめ》がなくても大丈夫《だいじょうぶ》ですか？

大阪府《おおさかふ》 さつまいもさん 16歳《さい》

私《わたし》は将来《しょうらい》の夢《ゆめ》がはっきりありません。小《しょう》中学生《ちゅうがくせい》のときは司書《ししょ》やイラストレーターになりたい！ と思《おも》っていたのですが高校《こうこう》生《せい》になって本《ほん》を読《よ》んだりイラストを描《か》くのは好《す》きだけど仕事《しごと》だと思《おも》って割《わ》り切《き》れるのか？ 趣味《しゅみ》は趣味《しゅみ》のままでもいいんじゃないか？ と考《かんが》えてしまって。好《す》きな道《みち》に進《すす》むか全然違《ぜんぜんちが》うものに挑戦《ちょうせん》してみるか悩《なや》んでいます。どうすればいいのでしょうか？

深雪先生《みゆきせんせい》より

A 大丈夫《だいじょうぶ》! 十代《だい》で将来《しょうらい》の夢《ゆめ》を明確《めいかく》に言《い》い切《き》れる子《こ》は、ほとんどいません。

将来《しょうらい》の夢《ゆめ》とは、現実《げんじつ》と向《む》き合《あ》いながら軌道修正《きどうしゅうせい》していくもの。だから、難《むずか》しく考《かんが》えないで、今《いま》は興味《きょうみ》があることには、なんでも気軽《きがる》にトライしてみてください。

今回《こんかい》のお話《はなし》の中《なか》で、鈴《すず》ちゃんは「漫画家《まんがか》になれたらいいな!」と思《おも》い、漫研《まんけん》に入《はい》って生《う》まれて初《はじ》めて実際《じっさい》に漫画《まんが》を描《か》いてみます。そして、「漫画《まんが》って、難《むずか》しいな。絵《え》がうまいだけじゃダメで、言葉《ことば》のセンスも大事《だいじ》なのだな」と気《き》がついていきます。

鈴《すず》ちゃんみたいに、実際《じっさい》に手《て》を動《うご》かしてみる。そこが、夢《ゆめ》へのスタートだと思《おも》います。イラストを描《か》いて、何《なに》かのコンテストに応募《おうぼ》する。司書《ししょ》さんに話《はなし》を聞《き》きに行《い》ってみる。そこで、「なんだか違《ちが》うな」と思《おも》ったら、どんどん夢《ゆめ》を修正《しゅうせい》していけばいい。やりたいなと思《おも》ったことが、自分《じぶん》には向《む》いていなかったり、苦手《にがて》だと思《おも》っていたことが、やってみたら意外《いがい》に楽《たの》しかったりもするもの。

十代《だい》で自分《じぶん》を決《き》めつけない方《ほう》がいい。自分《じぶん》を見《み》くびらない方《ほう》がいい。みんなは可能性《かのうせい》の塊《かたまり》です。なんでもやってみよう。どこにでも行《い》ってみよう。余計《よけい》なことを考《かんが》えずに、チャンスがあったことや縁《えん》があったことをなんでも積極的《せっきょくてき》に面白《おもしろ》がって、全力《ぜんりょく》を注《そそ》いでみる。

すると、必《かなら》ず道《みち》は開《ひら》けます。

みんなのお悩《なや》み大募集中《だいぼしゅうちゅう》!

小林深雪先生《こばしみゆきせんせい》がみんなの悩《なや》みに答《こた》えてくれるよ。
青《あお》い鳥文庫《とりぶんこ》のウェブサイトから応募《おうぼ》してね!
https://cocreco.kodansha.co.jp/aoitori

あとがき

こんにちは、小林深雪《こばやしみゆき》です。読《よ》んでいただいてありがとうございます。

お手紙《てがみ》をくださっているみなさん、感謝《かんしゃ》しています。年賀状《ねんがじょう》や心《こころ》のこもったお誕生日《たんじょうび》カードなども、いつもとっても嬉《うれ》しく思《おも》っています！

はじめましてのみなさん、お会《あ》いできて光栄《こうえい》です。これからも仲良《なかよ》くしてくださいね。

『泣《な》いちゃいそうだよ』

『これが恋《こい》かな？』

『作家《さっか》になりたい！』

『ララの魔法《まほう》のベーカリー』

青《あお》い鳥文庫《とりぶんこ》では、この四つのシリーズがあり、この本《ほん》で四十八冊目《さつめ》になります（新装版《しんそうばん》は除《のぞ》く）。

そのほか『泣《な》いちゃいそうだよ』の『ファンブック』『恋《こい》ブック』『夢《ゆめ》ブック』やエッセ

イ『児童文学《じどうぶんがく》キッチン お菓子《かし》と味《あじ》わう、おいしいブックガイド』、アンソロジー『初恋《はつこい》アニヴァーサリー』『おもしろい話《はなし》が読《よ》みたい！ ラブリー編《へん》』『おもしろい話《はなし》が読《よ》みたい！ チェンジ！』などなど、たくさん本《ほん》が出《で》ていますので、探《さが》してみてくださいね。

さて、今回《こんかい》のストーリーですが、

「あれ？ 主人公《しゅじんこう》の鈴《すず》ちゃんって、『YA《ワイエー》！ ジェンダーフリーアンソロジー TRUE《トゥルー》 Colors《カラーズ》』に出《で》てきた鈴《すず》ちゃんなの!?」

と思《おも》ったあなた、正解《せいかい》です！

そうなんです。すでに鈴《すず》ちゃんは、アンソロジーの短編《たんぺん》に登場《とうじょう》しているんですね～。明《あか》るく元気《げんき》いっぱいで正義感《せいぎかん》の強《つよ》い女《おんな》の子《こ》、鈴《すず》ちゃん。でも、恋《こい》は、なかなかうまくいかなくて……。

そんな鈴《すず》ちゃんや翔太《しょうた》、がんちゃんや絵子《えこ》のその後《ご》を読《よ》みたい！

というリクエストをたくさんいただきまして、なんと青《あお》い鳥文庫《とりぶんこ》から新《しん》シリーズが始《はじ》まることになりました。パチパチパチパチ（拍手《はくしゅ》）！

まだ読《よ》んでいない人《ひと》は、ぜひ読《よ》んでみてください。

そして、今回《こんかい》は、鈴《すず》ちゃんと一緒《いっしょ》に、「恋《こい》」と「結婚《けっこん》」について、考《かんが》えてみませんか？

「好《す》き」ってなんだろう？

男《おとこ》の子《こ》が男《おとこ》の子《こ》を好《す》きになったら、それは「普通《ふつう》」じゃないの？

日本《にほん》では、結婚《けっこん》すると、女《おんな》の人《ひと》が自分《じぶん》の苗字《みょうじ》を男性側《だんせいがわ》に変《か》えることが圧倒的《あっとうてき》に多《おお》い（九割以上《わりいじょう》！）。でも、みんな、それぞれの思《おも》いや事情《じじょう》があるはず。「女《おんな》の人《ひと》が苗字《みょうじ》を変《か》えるのが当然《とうぜん》！」と、決《き》めつけたり、強制《きょうせい》したりするのは、おかしいよね？

鈴《すず》ちゃんは、お兄《にい》ちゃんからジェンダーフリー（男女平等《だんじょびょうどう》）やＳＤＧｓ《エスディージーズ》、弁護士志望《べんごししぼう》のがんちゃんからは、憲法《けんぽう》を教《おし》えてもらいます。

いろんな意見《いけん》を知《し》ること。事実《じじつ》を調《しら》べること。自分《じぶん》でよく考《かんが》えること。

それは、ちっとも難《むずか》しいことではなくて、「優《やさ》しく人《ひと》を思《おも》いやる気持《きも》ち」が根本《こんぽん》にあることが、いちばん大切《たいせつ》なんだと思《おも》います。

そして、始《はじ》まりました！　巻末《かんまつ》のお悩《なや》み相談《そうだん》！

いつも、みんなからたくさんのお悩《なや》み相談《そうだん》をいただくのですが、なかなか一人一人《ひとりひとり》にお答《こた》えできないので、みんなとやり取《と》りできるページが「爆誕《ばくたん》」しました！

青《あお》い鳥文庫《とりぶんこ》のウェブサイトから投稿《とうこう》できますので、どしどしお悩《なや》みをお寄《よ》せください！

そして、次《つぎ》の『かわいく（なく）てごめん　片思《かたおも》いと両思《りょうおも》いについて（深《ふか》く）考《かんが》えてみた』（仮《かり》）は、二〇二五年《ねん》一月発売予定《がつはつばいよてい》です。

「壁《かべ》ドンで告白《こくはく》されたい！」「あ、それ、法律的《ほうりつてき》にはアウトだから」「ええ！」という会話《かいわ》が、どこからか聞《き》こえてきました。「片思《かたおも》いを両思《りょうおも》いにするには？」「告白《こくはく》したい？　されたい？」などなど、鈴《すず》ちゃんと一緒《いっしょ》に考《かんが》えていきましょう！

では、ここでお礼《れい》を言《い》わせてください。新《しん》シリーズの立《た》ち上《あ》げにお力《ちから》を貸《か》してくださった担当《たんとう》の白土《しらつち》さん、イラストの牧村先生《まきむらせんせい》に、深《ふか》くお礼申《れいもう》し上《あ》げます。

そして、最後《さいご》に、読《よ》んでくれたあなたにありがとう。あなたの「好《す》き」を応援《おうえん》しています！

二〇二四年《ねん》　七月《がつ》

小林深雪《こばやしみゆき》

＊著者紹介

小林深雪《こばやしみゆき》

3月10日生まれ。魚座のA型。埼玉県出身。武蔵野美術大学卒業。青い鳥文庫、YA! ENTERTAINMENT（いずれも講談社）で人気の「泣いちゃいそうだよ」シリーズ、「これが恋かな？」シリーズ、「作家になりたい！」シリーズ、「ララの魔法のベーカリー」シリーズなど、多くの著作がある。エッセー集『児童文学キッチン』、童話『ちびしろくまのねがいごと』のほか漫画原作も多数手がけ、『キッチンのお姫さま』（「なかよし」掲載）で、第30回講談社漫画賞を受賞。

＊画家紹介

牧村久実《まきむらくみ》

6月13日生まれ。双子座のA型。東京都出身。デビュー以来、多くの漫画、さし絵を手がける。青い鳥文庫、YA! ENTERTAINMENT（いずれも講談社）で人気の「泣いちゃいそうだよ」シリーズや、「これが恋かな？」シリーズ、「作家になりたい！」シリーズ、「ララの魔法のベーカリー」シリーズのほか、名作『伊豆の踊子・野菊の墓』（川端康成・伊藤左千夫／作　青い鳥文庫）のさし絵も手がけている。

この作品は書き下ろしです。

読者のみなさまからのお便りをお待ちしています。
下のあて先まで送ってくださいね。
いただいたお便りは、編集部から著者へおわたしいたします。
〒112-8001 東京都文京区音羽2-12-21 講談社 青い鳥文庫編集部

講談社 青い鳥文庫

かわいく（なく）てごめん
恋《こい》と結婚《けっこん》について（本気《ほんき》で）考《かんが》えてみた
小《こ》林《ばやし》深《み》雪《ゆき》

2024年9月15日　第1刷発行

（定価はカバーに表示してあります。）

発行者　森田浩章
発行所　株式会社講談社
東京都文京区音羽2-12-21　郵便番号112-8001
電話　編集（03）5395-3536
販売（03）5395-3625
業務（03）5395-3615

N.D.C.913　182p　18cm

装　丁　primary inc.,
久住和代
印　刷　TOPPANクロレ株式会社
製　本　TOPPANクロレ株式会社
本文データ制作　講談社デジタル製作

KODANSHA

ISBN978-4-06-536041-5

大人気シリーズ!!

『星《ほし》カフェ
シリーズ』

倉橋燿子《くらはしようこ》／作　たま／絵

ストーリー

ココは、明るく運動神経バツグンの双子の姉・ルルとくらべられてばかり。でも、ルルの友だちの男の子との出会いをきっかけに、毎日が少しずつ変わりはじめて。内気なココの、恋と友情を描く！

新しい
自分を
見つけたい！

主人公
水庭湖々《みずにわここ》

『小説《しょうせつ》 ゆずの
どうぶつカルテ
シリーズ』

伊藤《いとう》みんご／原作・絵　辻《つじ》みゆき／文
日本《にっぽん》コロムビア／原案協力

ストーリー

小学５年生の森野柚は、お母さんが病気で入院したため、獣医をしている秋仁《あきひと》叔父さんと「青空町わんニャンどうぶつ病院」で暮らすことに。 柚の獣医見習いの日々を描く、感動ストーリー！

動物ニガテ
なんですけ
ど〜〜〜!!

主人公
森野《もりの》 柚《ゆず》

『ひなたとひかり
シリーズ』

高杉六花《たかすぎりっか》／作　万冬《まふゆ》しま／絵

ストーリー

平凡女子中学生の日向は、人気アイドルで双子の姉の光莉《ひかり》をピンチから救うため、光莉と入れ替わることに!!　華やかな世界へと飛びこんだ日向は、やさしくほほ笑む王子様と出会った……けど!?

入れ替わる
なんて
どうしよう！

主人公
相沢日向《あいざわひなた》

『黒魔女《くろまじょ》さんが通《とお》る!!
&
6年《ねん》1組《くみ》 黒魔女《くろまじょ》さんが通《とお》る!!
シリーズ』

石崎洋司《いしざきひろし》／作
藤田《ふじた》 香《かおり》&亜沙美《あさみ》／絵

ストーリー

魔界から来たギュービッドのもとで黒魔女修行中のチョコ。「のんびりまったり」が大好きなのに、家ではギュービッドのしごき、学校では超・個性的なクラスメイトの相手、と苦労が絶えない毎日！

早くふつうの
女の子に
もどりたい。

主人公
黒鳥千代子《くろとりちよこ》
（チョコ）

大人気シリーズ!!

『藤白《ふじしろ》くんのヘビーな恋《こい》シリーズ』

神戸遥真《こうべはるま》／作　壱《いち》 コトコ／絵

••••••••• ストーリー •••••••••

不登校だったクラスメイト藤白くんを学校に誘ったクラス委員の琴子。すると、登校してきた藤白くんが、琴子の手にキスを！　藤白くんの恋心は誰にもとめられない!?　甘くて重たい恋がスタート！

藤白くんに
好かれて
こまってます！

主人公

椿森琴子《つばきもりことこ》

『きみと100年分《ねんぶん》の恋《こい》をしようシリーズ』

折原《おりはら》みと／作　フカヒレ／絵

••••••••• ストーリー •••••••••

病気で手術をした天音はあと３年の命!?と聞き、ずっと夢見ていたことを叶えたいと願う。それは、"本気の恋"。好きな人ができたら、世界でいちばんの恋をしたいって。天音の" 運命の恋"が始まる！

出会えた
運命の恋♡

主人公

鈴原天音《すずはらあまね》

大人気シリーズ!!

『ララの魔法《まほう》のベーカリー シリーズ』

小林深雪《こばやしみゆき》／作　牧村久実《まきむらくみ》／絵

ストーリー

中学生のララは明るく元気な女の子。ララが好きなもの、それはパン。夢は世界一のベーカリー。パンの魅力を語るユーチューブにも挑戦中。イケメン４兄弟に囲まれて、ララの中学生活がスタート！

夢は自分の
パン屋さんを
持つこと。

主人公

夢咲《ゆめさき》ララ

『若《わか》おかみは小学生《しょうがくせい》！ シリーズ』

令丈《れいじょう》ヒロ子《こ》／作　亜沙美《あさみ》／絵

ストーリー

事故で両親をなくした小６のおっこは、祖母の経営する温泉旅館「春の屋」で暮らすことに。そこに住みつくユーレイ少年・ウリ坊に出会い、ひょんなことから春の屋の「若おかみ」修業を始めます。

どんな
お客様も
笑顔に！

主人公

関《せき》 織子《おりこ》
（おっこ）

『エトワール! シリーズ』

梅田《うめだ》みか／作　結布《ゆう》／絵

ストーリー

めいはバレエが大好きな女の子。苦手なことにぶつかってもあきらめず、あこがれのバレリーナをめざして発表会やコンクールにチャレンジします。バレエのことがよくわかるコラム付き！

ずっとバレエを
踊って
いきたい！

主人公　森原《もりはら》めい

『氷《こおり》の上《うえ》のプリンセス シリーズ』

風野《かぜの》 潮《うしお》／作　Nardack《ナルダク》／絵

ストーリー

小5の時、パパを亡くしフィギュアスケートのジャンプが飛べなくなってしまったかすみ。でも、一生けんめい練習にはげみます。「シニア編」も始まり、めざすはオリンピック！ 恋のゆくえにも注目です♡

何よりも
フィギュアが
大好き♡

主人公　春野《はるの》かすみ

大人気シリーズ!!

『それは正義《せいぎ》が許《ゆる》さない！ シリーズ』

藤本《ふじもと》ひとみ／原作　住滝《すみたき》 良《りょう》／文
茶乃《ちゃの》ひなの／絵

ストーリー

七鬼家《なぎけ》の次の当主・忍《しのぶ》の警護係に採用された３人の女子中学生。志願した理由は、みんな忍に恋してるから！　さらに３人には秘密が……。次々に起こる謎の事件を解決して、「忍様をお守りします！」

警護係
がんばるぞ！

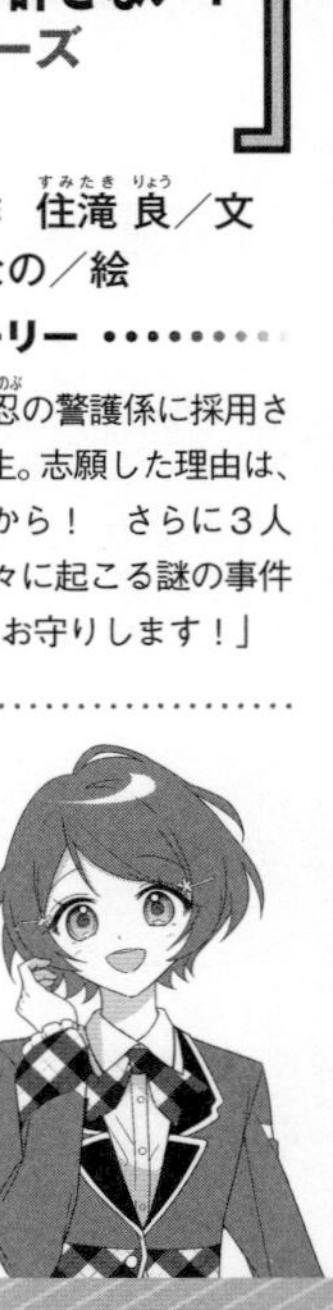

主人公
桃子《ももこ》

『人狼《じんろう》サバイバル シリーズ』

甘雪《あまゆき》こおり／作　h《ひ》i《め》m《す》e《ず》suz／絵

ストーリー

謎の洋館ではじまったのは「リアル人狼ゲーム」。正解するまで脱出は不可能。友を信じるのか、裏切るのか——。究極のゲームの中で、勇気と知性、そして本当の友情がためされる！

狼は誰だ!?
絶対に
負けない！

主人公
赤村《あかむら》ハヤト

『怪盗《かいとう》クイーン シリーズ』

はやみねかおる／作　Ｋ２商会《ケーツーしょうかい》／絵

ストーリー

超巨大飛行船《トルバドゥール》で世界中を飛びまわり、ねらうは「怪盗の美学」にかなうもの。そんな誇り高きクイーンの行く手に、個性ゆたかな敵がつぎつぎとあらわれる。超ド級の戦いから目がはなせない！

趣味はネコの
ノミ取りです。

主人公

クイーン

『トモダチデスゲーム シリーズ』

もえぎ 桃《もも》／作　久我山《くがやま》ぼん／絵

ストーリー

久遠永遠は、訳あってお金持ち学校に入れられた、ぼっち上等、ケンカ最強の女の子。夏休みに学校で行われた「特別授業」は、友だちの数を競いあうサバイバルゲーム!?　『ぼっちは削除だ！』

こんな
ゲーム
やめろ！

主人公

久遠永遠《くどうとわ》

「講談社《こうだんしゃ》 青《あお》い鳥《とり》文庫《ぶんこ》」刊行《かんこう》のことば

太陽《たいよう》と水《みず》と土《つち》のめぐみをうけて、葉《は》をしげらせ、花《はな》をさかせ、実《み》をむすんでいる森《もり》。小《こ》鳥《とり》や、けものや、こん虫《ちゅう》たちが、春《はる》・夏《なつ》・秋《あき》・冬《ふゆ》の生活《せいかつ》のリズムに合《あ》わせてくらしている森《もり》。森《もり》には、かぎりない自然《しぜん》の力《ちから》と、いのちのかがやきがあります。

本《ほん》の世界《せかい》も森《もり》と同《おな》じです。そこには、人間《にんげん》の理想《りそう》や知恵《ちえ》、夢《ゆめ》や楽《たの》しさがいっぱいつまっています。

本《ほん》の森《もり》をおとずれると、チルチルとミチルが「青《あお》い鳥《とり》」を追《お》い求《もと》めた旅《たび》で、さまざまな体験《たいけん》を得《え》たように、みなさんも思《おも》いがけないすばらしい世界《せかい》にめぐりあえて、心《こころ》をゆたかにするにちがいありません。

「講談社《こうだんしゃ》 青《あお》い鳥《とり》文庫《ぶんこ》」は、七十年《ねん》の歴史《れきし》を持《も》つ講談社《こうだんしゃ》が、一人《ひとり》でも多《おお》くの人《ひと》のために、すぐれた作品《さくひん》をよりすぐり、安《やす》い定価《ていか》でおおくりする本《ほん》の森《もり》です。その一さつ一さつが、みなさんにとって、青《あお》い鳥《とり》であることをいのって出版《しゅっぱん》していきます。この森《もり》が美《うつく》しいみどりの葉《は》をしげらせ、あざやかな花《はな》を開《ひら》き、明日《あす》をになうみなさんの心《こころ》のふるさととして、大《おお》きく育《そだ》つよう、応援《おうえん》を願《ねが》っています。

昭和《しょうわ》五十五年《ねん》十一月《がつ》

講談社